भोपाल

सहर... बस सुबह तक

भोपाल

सहर... बस सुबह तक

सुधीर आज़ाद

Sarvatra
An imprint of Manjul Publishing House

Sarvatra
An imprint of Manjul Publishing House

◆ द्वितीय तल, उषा प्रीत कॉम्प्लेक्स,
42, मालवीय नगर, भोपाल-462 003
◆ सी-16, सेक्टर 3, नोएडा, उत्तर प्रदेश, 201301
वेबसाइट : www.manjulindia.com

यह संस्करण 2016 में पहली बार प्रकाशित

भोपाल : सहर... बस सुबह तक

ISBN 978-81-8322-774-2

मुद्रण व जिल्दसाज़ी : रेप्रो इंडिया लिमिटेड

इश्क़,

हर इश्क़...

और हर उस ज़मीन के लिए...

जहाँ वो इश्क़ क़ामयाब हो सका...

किताब से पहले

हिज्र और वस्ल क्या हैं?

एक दरवेश बोला, "ये मुहब्बत के लफ़्ज़ और उसका वक़्त नहीं हैं बस, और मैं कुछ भी नहीं जानता।"

सूफ़ी, दरवेश, फ़कीर और आशिक़ अपनी मुहब्बत में हमेशा ही गुम रहे और क़ायनात इनके इश्क़ को सजदा कर सामने बिछी रही। आज तक क़ायनात से कुछ नहीं लिया लेकिन जो मिला, बस उसे मुहब्बत की शक़्ल में लौटाते रहे। पूरी क़ायनात की ख़ूबसूरती इनकी यही मुहब्बत है, इसके सिवा कुछ भी नहीं।

इनकी मुहब्बत का मानी मुहब्बत है।

'सहर' एक इबारत है जो रेज़ा-रेज़ा इश्क़ की अपनी साँसों से बुनकर लिखी गई दास्तान की मासूमियत की ज़मानत देती है। यहाँ मुहब्बत, मुहब्बत को तलाशते दहलीज़ तक आ जाती है लेकिन हमेशा की तरह ज़िन्दगी यहाँ भी छोटी पड़ जाती है।

सच तो यह है कि किसी भी इश्क़ को जीने के लिए इस क़ायनात में अब तक ज़िन्दगी की मियाद मुख़्तसर ही निकली है।

इसी मुख़्तसर ज़िन्दगी की मियाद में मुहब्बत की एक और इसतिलाह का नाम 'सहर' है।

मैं पहले ही इस बात को नुमायाँ कर देना चाहता हूँ कि इस नॉवल की ज़मीन और उस ज़मीन का ज़र्रा-ज़र्रा और हर उस ज़र्रे का ताल्लुक केवल इश्क़ और इश्क़ के सिवाय किसी और शय से नहीं है।

सारे किरदार हिन्दुस्तानी हैं और उनको उन्हीं की तरह बयान करने के लिए बिना किसी कोशिश के उनकी बातचीत को उन्हीं की ज़बान में रखा गया है। इसमें अपनी तरफ़ से कोई दख़ल या ख़लल नहीं डाला है।

सुबह, दोपहर, शाम और रात।

मैं इस नॉवल को चार हिस्सों में बाँटना चाहता था, लेकिन ये सोचकर रुक गया कि मैं इन हिस्सों की हद तय करूं, इससे बेहतर होगा कि मुझे सिर्फ़ इन हिस्सों के नाम रख देने चाहिए और पढ़नेवाले को ख़ुद उसके मुताबिक इसे बाँटने की सहूलियत दे देनी चाहिए।

आपमें से इसके लिए किसी की सुबह बड़ी होगी, किसी की दोपहर बड़ी, किसी की शाम बड़ी होगी तो किसी की रात... तब यही इसका वक़्त भी हो जाएगा और उसका बँटवारा भी।

अब सब आपके सामने है और आप ही का है।

—डॉ. सुधीर आज़ाद

1

कभी अपने चाहने वाले के साँवले-से दुपट्टे सरीखा और मुहब्बत में भीगा हुआ महसूस होता है बरसात के दिनों में वो रास्ता जो चुपचाप रहता है मगर फिर भी बहुत कुछ कह जाता है। कभी मुहब्बत, चाहत, हसरत या कि फिर ख़्वाहिश के बेतरतीब बरस जाने का मौसम लगता है बारिश।

कभी दरख़्तों से किस्से-कहानियाँ सुनने का मौसम।

कभी कश्तियों में मुस्कराहटें मीलों का सफ़र कर जाती हैं, तो कभी कश्तियाँ वहीं बेसदा डूब जाती हैं या कुछ चल सकीं तो उन कश्तियों में एक उम्र की उम्मीदें एक साथ बह जाती हैं।

इस बरस की बारिश में मैं ख़ुद के साथ था और सच कहूँ तो थोड़ा-सा ठहर के साथ था। फिर बारिश के चेहरे का अन्दाज़ा लगाने का ख़याल या वक़्त इकट्ठा हुआ तो यक़बयक एक शहर, उस शहर की एक शाम, एक किस्सा, एक मुहल्ला और उस मुहल्ले के एक कच्चे मकान का ऊपर की तरफ़ जाता हुआ नीचे झुका ज़ीना और फिर स्याह और कुछ टूटे हुए दरवाज़े और उसके भीतर रस्सी से बंधीं हुई चार दीवारों के भीगे हुए जिस्म और फटे हुए लिबास के मानिंद उखड़ते हुए परस्तर का एक स्केच सामने आ गया। ये पुराने भोपाल का टुकड़ा है। मैं भोपाल के उस तारदार घर की उन उखड़ी हुई दीवारों को वहाँ धुँधाते हुए चुल्हे की काँपती हुई रोशनी और सर्द हवाओं के चांटे खाती हुई लाल-पीली लौ में देख रहा था। ये अबकी बारिश की शक्ल है जिसका नाम है - ब्लाउज़ सिलने वाली आबिदा का घर। और पता है - मुश्ताक़ खान, मस्ज़िद वाली गली, आख़िरी मकान, पुराना भोपाल।

बारिश शबाब पर थी, पिछले सोलह घंटों से लगातार बारिश हो रही थी। बस गए एक घंटे कुछ रिमझिम रही थी। रात भर छत चूने की वजह से घर के भीतर एक दरिया बह रहा था और बर्तन उसमें तैर रहे थे। चूल्हा पूरा गल गया था। लकड़ियाँ पानी पीकर तीन-तीन किलो की हो गईं थीं। छह ईंटों का जुगाड़ कर दूसरे कमरे में चूल्हानुमा चीज़ तैयार की गयी थी।

रोटी-सा कुछ बनाने की नाकाम कोशिश भी मुफ़लिस का पेट भर देती है।

चुप हुए बादल फिर चिल्लाने लगे। इनकी हक़ीक़त के सही मायने सिर्फ़ वो ही जानते हैं जो मिट्टी के घरों और कच्चे छत के मकानों में रहते हैं। आबिदा जानती थी।

वो जी रही थी इक मुद्दत से इस स्याह बारिश को, आबिदा को बारिश से बहुत दहशत थी। उसके लिए बारिश के मायने मौत से दर्दनाक और ख़ौफ़नाक थे।

एक कम रोशनी का बल्ब और जलते-बुझते हुए चूल्हे की आग से रोशन दो कमरों में बारिश की आवाज़ ऐसी लग रही है मानो किवाड़ के उस तरफ़ समुंदर है जो धड़ाधड़ किवाड़ों पर लात मार रहा हो और किसी गुंडे की तरह सब तबाह करने की धौंस दिए जा रहा हो।

विडम्बना ये थी कि घर में पीने का पानी भी नहीं था। आज जिस एक गहरे गड्ढे में घुसकर आबिदा और नसरीन ने पीने के पानी का बन्दोबस्त किया था, वह भी पिछले दो दिन की बारिश की वजह से उस गड्ढे में पानी भर गया है।

दहलीज़ में समुंदर उन्हीं को मयस्सर होता है जिनके मुक़द्दर में प्यास लिखी होती है।

"बारिश की वजह से लकड़ियाँ बहुत गीली हैं अम्मी।" अम्मी को लगातार आग जलाने के लिए परेशान होते देख नसरीन ने कहा।

"बारिश नहीं, हमारे मुक़द्दर की वजह से गीली हैं लकड़ियाँ नसरीन।"

तारदार और पैबंद लगे हुए एक पुराने सलवार-कुर्ते पर पड़े दुपट्टे

से अपनी जलती हुई आँखों की कोरों को चांटा मारते हुए आबिदा फिर से चूल्हा फूँकने लगी। रहमत खान की बेवा और फिर नसरीन, शमीन और सहर, तीन बेटियों की अम्मी आबिदा की साँसें पिछले सत्ताईस साल से मुफ़लिस वक़्त से लड़ते-लड़ते इतनी मज़बूत हो गयी थीं कि इस चूल्हे से लगातार लड़ सकती थीं।

नसरीन चूल्हे के क़रीब ही रखे एक अख़बार को उठा लाई। ये भी नम ही था। गीली लकड़ियों के बीच उस अख़बार के टुकड़े को ठूंसकर नसरीन अम्मी के हाथों से फूँकनी लेकर ख़ुद ही आग फूँकने लगी, चूल्हे में फूँक मारने से अम्मी की छाती दुखने लगी थी।

जलन से बचने के लिए कपड़े की चिंदियों से आबिदा के हाथों की उंगलियाँ ऐसे भरी हुई थीं मानो सालों से वो इन जख़्मों की परवरिश कर रही हो।

नसरीन को परेशान होता देख आबिदा की आँखें लहू रोक न सकीं। लहू इसलिए कि मुफ़लिस की आँख से आँसू नहीं; लहू ही निकलता है।

चूल्हा फूँकते-फूँकते नसरीन की निगाह एकदम से आबिदा के चेहरे पर पड़ी। आबिदा अपने दुपट्टे को इकट्ठा कर चेहरे को छुपाने की कोशिश करने लगी।

"आप रो रही हैं अम्मी?"

एक ठहरी हुई निगाह इस सवाल के साथ धुएं से भरे कमरे में आबिदा के चेहरे पर पुख़्ता रुप से चिपक गयी थी, फिर हौसलों में इस कदर दम ही नहीं था कि वो नसरीन की निगाह से बच सके। सारा जिस्म जैसे इकट्ठा होकर एक मुस्कराहट लायक मांस चेहरे पर ले आया।

"अरे नहीं बेटा, मेरे नहीं ये तो धुएं के आँसू हैं; जो मेरी आँखों से आ रहे हैं।" नसरीन से फूँकनी लेती है।

"कुछ और साँसें चाहता है शायद ये मरा हुआ चूल्हा मुझसे। ला बता कुछ साँसें दे दूँ इसे।"

जलते-बुझते चूल्हे ने चार रोटियाँ सेंक ही दी थीं। आटा भी इतना ही था कि चार ही रोटियाँ बन सकती थीं लेकिन चारों के हिस्से में एक-एक रोटी होने का गुमान ही बहुत सुकूँन देता है।

आबिदा एक अलग से यक़ीन के साथ अब तक चूल्हे के क़रीब बैठी हुई थी। यक़ीन शमीन और सहर के आने का और साथ ही उनके कुछ लाने का।

"इतनी तेज़ बारिश में क्या ज़रूरत थी इन्हें बाहर जाने की।"

आबिदा बड़बड़ा रही थी और साथ ही उसने अपनी आंखें और कान दोनों दहलीज़ पर टिका रखे थे। नसरीन भी इसी फ़िक्र में थी।

उसी वक़्त शमीन की दस्तक हुई।

नसरीन ने फ़ौरन दरवाज़ा खोला। शमीन और सहर दोनों कुछ भीग गयी थीं। काले रंग के बड़े से छाते को बंद करते हुए दहलीज़ के किनारे रखकर सहर अन्दर आई। दरवाज़ा बंद कर शमीन ने सबसे पहले बैग से तीन थैलियाँ निकालीं जिनमें चावल, शक्कर और दाल थी।

आबिदा ने जैसे ही इन्हें देखा, इतनी गहरी साँस ली जैसे उसी में उसका पेट भर गया हो। आबिदा के हाथों में राशन की थैलियाँ पकड़ाते हुए शमीन बोली, "अम्मी आपने कभी बारिश में गरमागरम भुट्टे खाए हैं? सच कहते हैं अम्मी, दिल ख़ुश हो गया हमारा, है न सहर?"

"और उसकी चटनी भी बहुत अच्छी थी अम्मी। बिल्कुल आपके हाथों की चटनी जैसी।" पूरी शिद्दत से शमीन के झूठ पर उसका साथ देते हुए कहा।

शमीन इस बार पहले से ज़्यादा यक़ीन के साथ बात कर रही थी।

"दरअसल अम्मी भुट्टे ख़तम हो गए थे वरना हम आपके और नसरीन के लिए ज़रूर लाते।"

इस बार सहर चुप थी।

दोनों की कोशिशों को क़ामयाब करने की कोशिश आबिदा भी कर रही थी। उसी सिलसिले में मुस्कराते हुए बोली, "देख नस्सो कितनी ख़राब हैं दोनों।"

"हाँ तो अम्मी हमने भी तो गुलखान चाचा के दुकान की चाट खाई है।" नसरीन तो सहर की बड़ी बहन थी हर लिहाज़ से।

"अम्मी आपने फिर हमारी गैरमौजूदगी में चाट खाई, आप बहुत ख़राब हो और नस्सो आपा, आप तो मुझसे बात ही मत कीजिएगा।"

सहर अपने भीगे हुए बालों को खोलकर उन्हें सुखा रही थी। आबिदा चटनी बांटने का सामान इकट्ठा कर रही थी और नसरीन राशन डिब्बों में भर रही थी। सबके सब झूठ बोल रहे थे लेकिन ये झूठ शायद बहुत से सच से बड़े थे। अमूमन इन चारों में जब कोई भी झूठ बोलता तो उसकी नज़र बात करनेवाले के अलावा सब कुछ देखती थी।

"नस्सी ले चटनी बांट ला सिलबट्टे पर।" चटनी का सामान नसरीन को देते हुए आबिदा बोली।

नसरीन चटनी बांटने जाने लगी।

"शमीन जा तू बना ला चटनी भुट्टे वाली।" हँसते हुए नसरीन ने रुककर शमीन से कहा।

"मेरे यक़ीन पर आप कोई काम मत छोड़ना नसरीन आपा। आपको तो मालूम ही है कि मैं बिल्कुल भी भरोसेमंद नहीं हूँ।"

अपने दोनों हाथों को नसरीन के कन्धों पर रखते हुए शमीन बोली।

"इतनी छोटी-छोटी बातों में कितनी गहरी बातें कर देती है शमीन, डर लगता है बहन।"

नसरीन का लहज़ा संजीदा हो गया था, वो शमीन से ख़फा होकर चटनी बांटने चली गयी।

आबिदा रोटी के लिए एक प्लेट पोंछते हुए उसे देखती जा रही थी।

कई बार बातों को नज़रअन्दाज़ कर देने का दिखावा भी माहौल की सहजता को बरक़रार रखने के लिए अहम होता है।

"अम्मी ये नुस्सो आपा तो न... मैं आती हूँ अभी अम्मी।" अधूरा बोलकर शमीन भीतर चली गयी।

आबिदा चावल धोने जाने लगती है।

"आपकी कसम अम्मी हमें बिल्कुल भी भूख नहीं है। शाम को ही रशीदा खाला ने बिरयानी खिलाई थी।"

आबिदा को चावल धोने से रोकते हुए नसरीन ने कहा।

"थोड़ा-बहुत खा ले नस्सो। अल्लाह जाने ये लड़की भी क्या है? खाने के नाम से भी भागती है।"

चटनी की कटोरी अम्मी के पास रखते हुए नसरीन ने कहा।

"अम्मी हमारी नमाज़ का वक़्त हो गया है, हम जा रहे हैं।"

चावल को वापस डिब्बे में भरकर आबिदा नसरीन को जाते हुए देख रही थी। सहर और शमीन ने रोटी खाई और आबिदा ने भी एक कौर तोड़ा।

2

पूरे घर में बस एक ही चीज़ थी जो ज़माने के साथ चल रही थी और वो थी दीवार पर लगी पच्चीस साल पुरानी घड़ी। ये रहमत मियाँ को किसी मेले में तोहफ़े की शक्ल में मिली थी, घड़ी से सेकंड का काँटा गिरे मुद्दत हो गयी थी। बीते कई बरसों का वक़्त ज़रूर इस घड़ी में दिखा था लेकिन गुज़रे हुए इन सालों के निशान एक साथ आज भी नसरीन और आबिदा के चेहरों पर साफ़ और गहरे दिखते थे। आबिदा के चेहरे की गहराती झुर्रियां अपनी गहराई में कुछ निशान छुपा भी लेतीं लेकिन नसरीन का साँवला और मासूम-सा चेहरा अब तक इस हुनर से नावाक़िफ़ ही था।

सर्दी, बारिश, तपिश और ऐसे हज़ार मौसमों को इन चारों ने अब तक दो बुरकों में ही जिया है। एक नया बुरका है जो चार साल पहले ख़रीदा गया था जब सहर ने कॉलेज में दाख़िला लिया था।

शमीन घर का बेटा थी। लड़का थी वो। ज़ब्त करने में ज़मीन से ज़्यादा गहरी और बयान करने में बादलों-सी आवाज़। मालूम नहीं बग़ावत बुरके से की है उसने या मुफ़लिसी से।

आबिदा ने रात की नमाज़ अदा की और चटाई को लपेटते हुए उसे कमरे के एक किनारे में टिकाकर रख दिया। शमीन सो चुकी थी। सोते समय शमीन के चेहरे पर उसका सारा दर्द साफ़ झलकता था। दिनभर हद से ज़्यादा बात करने वाली और बेवजह ख़ुश रहने वाली शमीन की ज़िन्दगी की ख़ामोशियाँ रात के सन्नाटे में जैसे कुछ कह सकने की इज़ाजत मांगती थी पर आबिदा में इसका हौसला नहीं था।

"आप सो जाइए अम्मी।"

सहर की आवाज़ के साथ आबिदा का ख़याल टूटा। "हाँ, बेटा बस सोने ही जा रही थी।"

सहर के पास आकर बैठती है। उसके माथे पर दुआओं से भरा हाथ फेरती है।

"अम्मी हमारे कॉलेज का आज आख़िरी दिन था।"

उसके माथे पर दुआओं से भरा हाथ फेरती है।

"हाँ बेटा मुझे नसरीन ने बताया कि तुझे सम्मान मिला है।"

आबिदा के दोनों हाथों को अपने हाथों में लेकर उन्हें चूमते हुए सहर ने कहा।

"हमारा नहीं, आपका सम्मान होना चाहिए था आज अम्मी।"

"मेरा ही सम्मान हुआ है मेरी बच्ची।"

सहर को फिर चूमती है।

"अम्मी, अम्मी! सच कहें तो अब हमारा पढ़ने का दिल नहीं करता। बस बहुत हो गया। अब हम नौकरी करेंगे अम्मी। अब हम आपकी ज़िम्मेदारियों को बांटना चाहते हैं अम्मी।"

सहर ने बहुत इत्मीनान के साथ आबिदा से कहा।

"पहले अपनी पढ़ाई पूरी कर ले बेटा, फिर तो ज़िंदगी पड़ी है ज़िम्मेदारियों के लिए, है न?"

"वक़्त बहुत हो गया है, अब सो जा बेटा।"

इतने में सिलाई मशीन की आवाज़ ने दोनों का ध्यान और नज़र दूसरे कमरे की तरफ़ मोड़ दिया।

"नसरीन अब तक जाग रही है?"

एक बार फिर दुआओं से भरा हाथ सहर के माथे पर फेरती है, जैसे किराये की हँसी का एक टुकड़ा खर्च करते हुए जाती है।

घड़ी रात के दो बजा रही थी।

बहुत कम रोशनी थी उस जगह जहाँ नसरीन ब्लाउज़ सिल रही थी। इतनी कम रोशनी की आदी हो गयी थी नसरीन की आँखें। मशीन में औंधी पड़ी मुसलसल सिलाई किए जा रही नसरीन को आबिदा दो-एक लम्हे देखती रही।

"दो बज गए हैं नस्सो, अब तो सो जा। ऐसा लगता है जैसे ख़ुद को सज़दे में किए है बेटा।"

मशीन के पास सिलाई के लिए रखे हुए ब्लाउज़ के कपड़ों को उठाकर रखते हुए आबिदा बोली।

"अरे आप भी अम्मी, बस ख़तम ही हो गया। हम अभी आते हैं। कल सुबह ही अहमद भाई के यहाँ पहुँचाना है उसे। हो गया बस, यही आख़िरी ब्लाउज़ बचा था।"

मुस्कराते हुए नसरीन अब भी लगातार सिलाई किए जा रही थी।

आबिदा बिस्तर पर लेट गयी लेकिन जिस माँ की 32 साल की बेटी घर बैठी हो, उसको कहाँ नींद आ सकती हैं। रात की चुप्पी के बीच सिलाई की मशीन की आवाज़ आबिदा को ऐसी महसूस हो रही थी जैसे कोई रेल उसकी छाती के ऊपर गुज़र रही हो।

मशीन के ऊपर ही दोनों ब्लाउज़ तैयार रखकर नसरीन ने बल्ब बंद कर दिया और पास ही रखी चटाई बिछाकर सो गयी।

ब्लाउज़ के लिए कपड़े अहमद भाई की दुकान से लाने और तैयार ब्लाउज़ पहुँचाने समेत घर के, बाहर के सारे काम का ज़िम्मा शमीन का था। आबिदा शमीन को कभी-कभी घर का लड़का कहती।

सहर अब तक जाग रही थी।

रात की दहलीज़ पर चढ़ने से पहले ना जाने कौन दिल-दिमाग़ को पूरे दिन से दोबारा गुजार देता है। सहर इस दहलीज़ के दो क़दम आगे आ चुकी थी अब तक।

आज कॉलेज का आख़िरी दिन था। हमेशा की तरह सुबह 7 बजे लगने वाला कॉलेज आज 9 बजे लगा था और 4 की बजाय 2 बजे ही छूट गया था।

हमेशा जहाँ से भाग जाने का दिल करता था, आज वो कॉलेज कलेज़ा सरीखा लग रहा था। बहुत अहम हिस्सा महसूस हो रहा था ज़िंदगी का। ये भी अजब दास्तान ही है कि छूटती हुई चीज़ें यकायक ज़्यादा क़ीमती और ज़रूरी लगने लगती हैं। फिर अहसास है जब, जहाँ और जिससे जुड़ जाए।

कॉलेज हॉल में कुछ ही देर में आख़िरी साल के सारे विद्यार्थी और फैकल्टी आ चुके थे।

आज कॉलेज में वाद-विवाद प्रतियोगिता का आयोजन परम्परापूर्वक किया गया था, जिसमें वर्ष के सर्वश्रेष्ठ वक्ता का चयन किया जाना था।

वाद-विवाद का विषय था -

'आज़ादी के पैंतीस वर्ष बाद भी क्या हम सही मायनों में आज़ाद हैं?'

सहर अपने कॉलेज की सबसे असरदार और ज़बरदस्त वक्ता थी। सारे कॉलेज को मालूम था कि सहर की ही जीत तय ही है। फाइनल के दस विद्यार्थी के नाम दर्ज़ थे। अमन बहुत अलग अन्दाज़ में और तेज़तर्रार बोलता था। विषय के विपक्ष में बोलने वाले बहुत से थे। विषय गर्म खून का था और कॉलेज के स्टूडेंट्स में व्यवस्था के प्रति भरा गुस्सा स्वाभाविक रूप से उन्हें विषय के विरोध अर्थात विपक्ष में बिना तैयारी के भी बोलने का दम दे रहा था। सभी भाग लेने वाले विद्यार्थी विषय के पक्ष में बोलने के लिए अपने नाम लिखवा चुके थे। सिर्फ़ सहर ने अपना नाम नहीं लिखवाया। सहर का मानना इस बारे में अलग था।

कॉलेज ऑडीटोरियम में प्रिंसिपल डॉ. त्रिवेदी और एक्टीविटी इंचार्ज़ नायडू सर मुख्य रूप से उपस्थित थे और वाद-विवाद प्रतियोगिता के निर्णायक भी थे।

अपने विचार तीन मिनट की समय-सीमा में रखने थे। सामने फैकल्टीज़ और सारे स्टूडेंट्स बैठे हुए थे। सभी दस प्रतिभागी पहली पंक्ति में ही थे।

पक्ष से पहले प्रतिभागी के रूप में अमन आया और उसने अपनी आक्रामक शैली में यह सिद्ध करने की कोशिश की कि आज़ादी के पैंतीस साल बाद भी हम अपने ही गुलाम हैं, हम व्यवस्था के गुलाम हैं, हम उस हिन्दुस्तान में नहीं हैं, जिसका सपना हमारे शहीदों ने देखा था और यह हमारे क्रान्तिकारियों के सपनों का भारत नहीं है, इस तरह की बहुत सारी बातें सभी ने बहुत जोश-ओ-खरोश से रखीं। इसके बाद आने वाले सातों प्रतिभागियों ने देश, समाज, व्यक्ति, व्यवस्था और हालात पर जमकर अपनी बातें रखीं और कॉलेज स्टूडेंट्स ने सबके लिए जोशीली तालियाँ भी बजाईं।

अब सहर की बारी थी। सहर पक्ष की एकमात्र प्रतिभागी थी। इसलिए

नायडू सर ने उसे सारे विपक्ष के वक्ताओं के बोलने के बाद आमंत्रित किया।

आज हम किसके गुलाम हैं? और आप सब इस सवाल का जवाब दीजिए कि ख़ुदीराम बोस, भगतसिंह, राजगुरु, सुखदेव, चंद्रशेखर आज़ाद, अशफ़ाक उल्ला खां, रामप्रसाद बिस्मिल और नेताजी सुभाषचंद्र बोस जैसे अनेक महान शहीदों ने क्या इस दिन के लिए अपने प्राणों की आहुति देकर देश की आज़ादी का सपना देखा था कि पैंतीस साल बाद इस देश का भविष्य कहलाए जाने वाले बच्चे अपनी आज़ादी का सम्मान करना तो दूर, वे यह भी नहीं मानेंगे कि हम आज़ाद हैं? मुझे शर्मिन्दगी होती है कि आज का विद्यार्थी ऐसा सोच रहा है। अगर कहीं कोई ख़राबी है तो आगे बढ़कर उसे सही करने का ज़िम्मा उठाने की बजाय अपने देश और उसके क़ानून को कोसना मेरी नज़र में सबसे बड़ी बुज़दिली है। मैं दुनिया के किसी भी मंच से कह सकती हूँ कि हम और हमारा देश सच्चे अर्थों में आज़ाद है। आज हम किसके गुलाम हैं? अपनी सोच और सपनों को बड़ा कीजिए और सच्चे भारतीय बनिए...

जय हिन्द

पूरा हॉल तालियों की गड़गड़ाहट से गूंज उठा। विपक्ष के सभी प्रतिभागियों ने खड़े होकर सहर के लिए तालियाँ बजाईं।

सहर वर्ष की सर्वश्रेष्ठ वक्ता चुनी गयी।

प्रिंसिपल के छोटे से भाषण के बाद हर विद्यार्थी अपने विचार रख रहा था जिसमें स्वाभाविक रूप से कॉलेज के प्रति आभार था और एक कसक भी। अब कॉलेज में न होने की कसक।

कोई विद्यार्थी जाकर पीएससी/आईपीएस की परीक्षा की तैयारी की बात कह रहा था, कोई आगे की पढ़ाई का ज़िक्र कर रहा था, कोई नौकरी करने की बात कर रहा था।

"हमारी अम्मी की निगाहों के ख़्वाब ही हमारे ख़्वाब हैं। सच कहें तो अलग से हमने अब तक अपनी ज़िन्दगी न देखी है और न ही देखना चाहते हैं। अब हम अम्मी के ख़याल को सच करने के लिए बहुत-बहुत मेहनत करना चाहते हैं।"

बहुत संजीदगी के साथ सहर ने बस इतना कहा।

साल की सर्वश्रेष्ठ विद्यार्थी चुनी गयी सहर के लिए सभी ने ज़ोरदार तालियाँ बजाईं और ख़ासतौर पर ये कहा गया कि स्कालरशिप के पैसों से पढ़ने वाली सहर हर उस बच्चे के लिए आदर्श है जो किसी अभाव में ख़ुद को कमज़ोर मानने लग जाते हैं। उसके ख़यालात की सराहना भी की गयी। अमन के लिए सहर आज पहले से ज़्यादा कीमती हो गयी थी। वो अब सहर का पहले से ज़्यादा सम्मान भी करने लगा था।

समारोह सम्पन्न हुआ। आज का अनुभव हर किसी के लिए अलग था। किसी तरह की मानसिक प्रताड़ना का सशक्त माध्यम लगने वाले समारोहों में ख़ुद को प्रेक्टिकल लैब समझने और हर किसी को साइंटिस्ट समझने वाले विद्यार्थी आज अपनी बेबसी और लाचारी के सामने ख़ुद को किसी हारे हुए मुल्क की सेना जैसे सरेंडर किए रहते थे, आज दिल से समारोह में थे। इस बार का समारोह उन्हें सुखद अनुभूति दे रहा था। समारोह की समाप्ति के साथ विद्यार्थियों में एकदम बड़ा होने की बात भी कहीं न कहीं समानान्तर रूप से चल रही थी।

आज कॉलेज से बस तक का फ़ासला बहुत कम लग रहा था लेकिन जैसे कोई भी इस फासले को नापना ही नहीं चाहता था, लेकिन वक़्त किसी के लिए ठहरता नहीं है और न ही किसी को ठहरने की इज़ाजत देता है। अनचाहे क़दम बस तक पहुँच रहे थे। यहाँ से पलटकर कॉलेज को देखना ऐसा महसूस हो रहा था जैसे बहुत रफ़्तार से दौड़कर और अपनी बाहें फैलाकर पूरे कॉलेज को कसकर गले लगा लिया जाए और उसे जाने न दिया जाए।

कभी बुरे लगने वाले प्रिंसिपल पर प्यार आ रहा था। गैरहाज़िरी और प्रेक्टिकल मार्क्स के कारण पूरे चार साल बत्ती देने वाली फ़ैकल्टी माँ-बाप जैसी लग रही थी और तो और कसाई लगने वाले खड़ूस बाबू लोग भी आज ज़िगरी दोस्त लग रहे थे।

एक वक़्त के बाद कहीं होने का अहसास जैसे यक़ीन दिलाता है कि वहाँ के अब तक के सारे अहसास कोई तरकीब थे; यह अब महसूस होने वाले अहसास तक पहुँचाने के लिए।

अमन सहर के साथ कॉलेज में ही पढ़ता था। बहुत शैतान किस्म का अल्हड़पन, मस्ती और मुस्कराहट तो जैसे उसके लिबास थे। बेहिसाब सपने

देखने वाली आँखें जिनमें उम्मीद और यक़ीन का दरिया बहता था। वो अपने और सहर के प्यार की एक नई दुनिया बनाना चाहता था जिसकी ज़मीन और आसमान के रंग भी उसी के हों। पूरे कॉलेज में दिन भर मस्ताने और शैतानियाँ करने वाला अमन सहर के सामने आते ही चुप हो जाता था। उसे ख़ुद अपने इस बदलाव पर हैरानी होती थी।

अपनी किताबों के बीच रखी अमन की तस्वीर को देखकर सहर को बस अभी ही यह अहसास हुआ था कि वो अब उससे शायद कभी न मिल सके या कम से कम कुछ वक़्त के लिए तो हरगिज़ नहीं।

तस्वीर की उंगलियाँ थामे जैसे सहर आज शाम के उस वक़्त में चली गयी थी जब कॉलेज से छुट्टी के बाद वो और अमन झील के किनारे एक बड़े से पत्थर पर बैठे थे।

झील की लहरों का किनारे तक आना और फिर वापस जाना तो रोज़ की ही तरह था लेकिन आज बहुत अलग-सा अहसास था उन आती-जाती लहरों का। दोनों ही एक-दूसरे से बेहद और बेपनाह प्यार करते हैं। बिल्कुल ख़ामोश जज़्बात लिए एक अनकहा-सा इश्क़। भोपाल में चार बरस कैसे बीत गए और अब वापस दिल्ली। अमन नहीं जानता था कि चार साल उसे चौतरफ़ा बदल देंगे।

"झील का नसीब भी कितना दिलचस्प है ना, जहाँ अभी रह रही है, वहीं पर अपनी तमाम उम्र रहती आई है। कई बार तो मुझे लगता है जैसे किसी ने इसके पाँव काट दिए हों और इसे कोई सज़ा दे दी हो। सज़ा अकेले और लम्बे सफ़र की सज़ा और मुझे यह भी लगता है अमन जैसे सबने इसका साथ छोड़ दिया हो।"

सहर अब भी किनारे पर टकराती लहरों को देख रही थी।

"मैं तुमसे शादी करना चाहता हूँ सहर।"

इतना साहस तो उसे तब भी नहीं करना पड़ा था जब वो प्रिंसिपल का सिर फोड़कर भागा था और एक महीने तक कॉलेज से निष्कासित रहा था, जितना आज सहर से बोलने के लिए उसे जुटाना पड़ा था।

सहर अब भी बेअसर झील को देख रही थी।

"कितना अच्छा होता अगर हमें अपनी तक़दीर के किसी सफ़हे को

लिखने की इज़ाजत अल्लाहताला ने इन्सानों को दी होती।" कम से कम ज़िन्दगी का कोई तो एक ऐसा हिस्सा होता जिसमें इन्सान वो ज़िन्दगी जीता जो वो जीना चाहता है।"

"इजाज़त है सहर लेकिन उसे जो जीने की कोशिश करता हो।"

जैसे अमन सहर को किसी बड़े हौसले के लिए तैयार कर रहा था। सहर अब भी झील की तरफ़ निगाह किए बैठी थी और अमन लगातार बोल रहा था।

"ये लहरें क्या लहूलुहान नहीं हो जाती होंगी; इतनी कड़ी और बेज़ुबान चट्टानों से टकराते-टकराते? लेकिन फिर भी वो लगातार ऐसा ही करती जाती हैं। रुकती नहीं, कभी भी नहीं रुकती। फिर हम क्यों रुक जाते हैं सहर?"

"कभी झील की लहरों ने उसे समुंदर से मिलवाया है अमन?"

सहर अमन को देख रही थी और उसके इरादे पुर-यक़ीन थे।

"मैं तुमसे शादी क़रना चाहता हूँ सहर।"

अमन की तासीर भी इस बात की गवाही दे रही थी कि वो अपनी बात पर किस कदर मुतमईन है।

"इतना आसान नहीं होता इश्क़ अमन। ये हमेशा उन्हीं रास्तों से होकर जाता है, जिनमें मंज़िलें नहीं होतीं। अपनी बेहतर और क़ामयाब ज़िन्दगी के लिए बढ़ो। रास्ते के हर एक मंज़र को देखकर रुका नहीं जाता। कुछ मंज़र देखकर आगे बढ़ने के लिए होते हैं। बेहतर यही है कि तुम भी आगे बढ़ो।"

ज़िन्दगी में ऐसे बहुत से वाकयात होते हैं जब इन्सान जिन बातों को ख़ुद ही नहीं समझना चाहता तो दूसरों को समझाने की नाकाम कोशिशें करता है। सहर इस वक़्त यही कर रही थी।

"बेवज़ह क्यों इतनी मज़बूत होने की कोशिश कर रही हो सहर, मैं जानता हूँ कि तुम भी मुझसे...।"

"कैसे स्वीकार करेंगे सब हमें अमन। हमारा मज़हब, तुम्हारा धर्म। फिर तुम किस-किस से लड़ोगे। अगर अमन तुमने लड़ भी लिया तो मैं नहीं लड़ पाऊंगी। मेरी दो बड़ी बहनें हैं और उनका निकाह होना अभी बाक़ी है। मेरे

लिए इस वक़्त यह सोचना भी हराम है अमन।"

इससे पहले कि अमन अपनी बात पूरी करता, सहर बोल पड़ी।

"मैं नहीं जानता सहर कि तुम्हारा और मेरा धर्म या मज़हब क्या है। इतना सोच-समझकर प्यार नहीं होता सहर; वो बस होता है और हो जाता है, और रही बात तुम्हारी बहनों के निकाह की; तो मैं इन्तज़ार करूंगा सहर और उसके बाद हम शादी करेंगे।"

सहर अमन के इश्क़ से हार गयी थी और तय हुआ कि दोनों इन्तज़ार करेंगे।

आज का दिन जैसे किसी से शर्त लगाकर दौड़ रहा था, मानो वक़्त से पहले शाम के पहलू में समा जाना चाहता था। अभी अन्धेरा होने में बहुत समय था लेकिन अमन जानता था कि सहर नहीं रुकेगी और सहर के ज़हन में इस बात का जैसे यक़ीन सा था कि अमन से अब मिलना शायद कभी मुमकिन ही न हो।

सहर आज ठहरना चाहती थी लेकिन दो बड़ी बहनों की छोटी बहन उसे रुकने की इज़ाजत नहीं दे रही थी।

हर बार की तरह एक लड़की यहाँ भी हार गयी और उसके आस-पास के रिश्ते जीत गए।

क्यों कभी कोई लड़की नहीं जीत पाती? क्या कभी कोई लड़की अपने हालात से जीतेगी? लड़कियों को जीत जाना चाहिए।

अमन और सहर अब भी ख़ामोश थे और वहाँ जितना शोर था; लहरों का था और बीच-बीच में कोई परिन्दा गुज़रते हुए इस बात की गवाही दे जाता कि आसमान ने किसी को नहीं रोका है। अगर परों में कुव्वत है तो उड़ जाओ, शायद इन्हीं हालात में किसी की औक़ात का अन्दाज़ा होता है और इन्हीं से इन्सान होना अखरता भी है।

"चलो सहर, तुम्हारे जाने का समय हो गया है।"

अमन आसमान देख रहा था और सहर अमन को। ऐसे जैसे सहर अमन से कहना चाहती हो कि 'हम भी तो उड़ सकते हैं न अमन?'

लेकिन अगले ही पल मरे हुए क़दमों से सहर उठती है।

"हाँ चलो, वरना अम्मी को फ़िक्र हो जाएगी।"

"हाँ।"

अमन एक टीस के साथ उठता है।

"अमन।"

सहर का बहुत चुप लब्ज़ था।

"बोलो।"

सहर रुकी और पलटकर बोली, "शायद अब मैं इन्हें न सम्भाल सकूँ अमन, इन ख़तों को तुम्हें लौटाना चाहती हूँ।"

सहर के हाथों में अमन के ख़त थे।

"और क्या-क्या लौटा सकती हो सहर? सब कुछ लौटा दो। मैं सब कुछ सम्भाल कर रखूँगा। बस तुम ख़ुद को सम्भालकर रखना।"

मुस्कराते हुए सहर के हाथों से अमन ने सारे ख़त ले लिए।

कई बार दिल करता है कि जो हम करने जा रहे हैं, उसे करने से कोई हमें रोक ले, कोई मना कर दे, कोई नाराज़ होकर उसकी ख़िलाफत करे या तो पूरे हक से कह दे कि ये बिल्कुल भी मान्य नहीं होगा लेकिन उस समय न कोई नाराज़ होता है, न रोकता है, न मना करता है, न ही कोई हक जताता है और न ही कोई किसी किस्म की ज़िद ही करता है।

सहर इस वक़्त जो चाह रही थी, वैसा उसके व्यवहार से बिल्कुल भी नहीं झलक रहा था।

मकान के ठीक पास वाली गली से रात की बारिश की आवाज़ को झंझोरते हुए एक ट्रक गुज़रा और उसी ने अपने तेज़-आवाज़ पंजों से सहर को झंझोरा और अभी के वक़्त की दहलीज़ में लाकर खड़ा कर दिया था।

सहर की निगाह घड़ी पर पड़ी। सुबह के चार बज चुके थे।

किताब बंद कर उसे टेबल पर रखकर सहर ने बल्ब बंद किया और शमीन के बगल में बिछी चटाई पर सो गयी।

3

पूरी दुनिया में अपने किस्म का अलग मुल्क़ है हिन्दुस्तान। और पूरे हिन्दुस्तान में अपने अलग मिज़ाज के लिए जाना जाता है भोपाल।

अपनी झीलों, गंगा-जमुनी तहज़ीब और एकता की मिसाल के लिए भोपाल की तारीख़ और तवारीख़ में एक अलग ही जगह है। शानदार माज़ी और ख़ूबसूरत माली का शहर भोपाल, यहाँ के लोग, उनकी भाषा, धर्म, संस्कृति, पहनावा, रीति-रिवाज़, आचार-विचार, व्यवहार सब कुछ अलहदा होते हुए भी एक जगह के लोग एक से ही लगते हैं जब उनमें भोपाली अन्दाज़ नज़र आता है। दरअसल भोपाली ख़याल और एक जीने का एक अलग ही तरीक़ा जान पड़ता है यहाँ। और जब ज़िक्र पुराने भोपाल के मंज़र का हो तो कहने ही क्या।

मन्दिर, मस्ज़िद, गुरुद्वारे और गिरजाघर के गुम्बदों से शुरू होते हुए परिन्दों के बेतरतीब सफ़र और ये सफ़र उस वक़्त बे-इन्तेहा सूफ़ियाना लगने लगते हैं जब मन्दिर की घंटियों के उठते हुए सुर, अजान की मुकद्दस आवाज़ें, नानक की धुन और गिरिजाघरों की पवित्रता से नहाई ध्वनियाँ आसमान में इन परिन्दों की रहनुमाई-सी करती हैं। पूरा हिन्दुस्तान और उसकी मुक़म्मल तस्वीर यहाँ साफ़ नज़र आती है।

भोपाल की सुबहें भी माशाअल्लाह हैं। शायराना किस्म के मंज़र होते हैं हर तरफ़। गुमटियों पर सुबह-सुबह की नमकीन चाय के जायक़े को भोपाल की एक अपने तरीक़े की बहसबाज़ी और उसका खास अन्दाज़ और भी असरदार बना देते हैं।

और हाँ खास बात ये कि ज़र्दा, पर्दा और नामर्दा। ये पुराने भोपाल के हर नुक्कड़ में दिख सकते हैं।

पान की पीकें दीवारों में किसी इबारत जैसी लगती हैं और कोई दूसरा उसे देख उस इबारत लिखने वाले के क़त्ल पर आमादा हो जाता है क्योंकि शायद कल ये किस्सा उल्टा रहा होगा। जो पकड़ में आ गया, समझो वही चोर और बाक़ी सारे मुहल्ले वाले थानेदार।

इन बेहद ज़हीन लोगों के झगड़ों की वजह भी बहुत दिलचस्प है। किसी की मुर्गी या किसी के बकरे को उसके पड़ोसी की गैर-इरादतन प्रताड़ना, किसी की साइकिल, किसी के बच्चे का चिप जाना, किसी की दीवार पर किसी का थूक देना, छोटे बच्चों की कंचों की लड़ाई जो एक मिनट में औरतों का पहला विश्वयुद्ध बन जाता है; जैसे ढेरों बहानों से यहाँ लड़ाइयाँ होती हैं।

सँकरी गलियों और नुक्कड़ों में बाज़ार लगने का भी निराला अन्दाज़ है भोपाल का और आगरे के बाज़ार से कहीं कम नज़र नहीं आता।

ऐसी ही एक सँकरी गली में कभी सिलाई के उस्ताद माने जाने वाले मरहूम इख़्तियार मामू की सिलाई-बुनाई की दुकान उनके साहबजादे अहमद मियाँ सम्भाल रहे थे। अहमद मियाँ की जवानी आए दस बरस हो गए थे लेकिन कितनी और कहाँ आई थी, इसी पर बड़ी भारी रिसर्च हो सकती थी। सत्रह साल की पढ़ाई और आठ साल नंगे मुहल्ले में घूमने की उम्र में 5 बरस चौका-चूल्हा से जोड़ दो; इतनी उम्र थी अहमद मियाँ की। असर इतना था कि गली के छोटे-छोटे लड़के भी उसे अहमद लौंडा कहते थे।

सिलाई का काम अब उतना भी नहीं हो पाता था जितना पहले, इसीलिए ब्लाउज़ की सिलाई का जो काम इख़्तियार मामू के ज़माने से ही आबिदा कर रही थी, अब कुछ कम हो गया था।

चूंकि सारे सिले हुए और गैर सिले हुए कपड़ों को लाने और ले जाने की ज़िम्मेदारी पिछले पन्द्रह बरस से शमीन की थी...इसी लेन-देन में अहमद भाई अपना दिल शमीन को दे बैठे थे लेकिन शमीन के ग़ुस्से और उसकी फ़ितरत से वाक़िफ़ होने के कारण कभी उसे कहने की हिमाकत न कर सके। साथ ही उनकी जनाना तासीर भी उन्हें इस मर्दानगी से रोक लेती थी।

सुबह-सुबह एकदम तैयार होकर बहुत देर से शमीन का इन्तज़ार कर रहे थे। शमीन दो सिले ब्लाउज़ लाने वाली थी और उसे दो नए कपड़े ले जाने थे। पूरी दुकान में शमीन के आने के रोज़ अहमद इत्रा का दरिया

बहा देता था और शमीन आते ही कहती थी, "अरे अहमद मियाँ आपकी दुकान में तो लगता है उर्स का जश्न हो रहा है। इत्र का तो आसमान फैला रखा है मियाँ।"

और शरमाते हुए अहमद मियाँ कहते, "आप तारीफ़ कर देती हैं तो मुझे भी उर्स का जश्न लगने लगता है।"

मन ही मन शमीन जैसे कहती, "दो-चार ब्लाउज़ तो तू अपने लिए भी सिलवा ले अहमद।"

"ये दो ब्लाउज़ जुम्मे के रोज़ ले गयी थी।"

ब्लाउज़ अहमद को देती है। बहुत लरज़ते हाथों से उन्हें थामता है।

"कोई और कपड़े आए हों तो दे दो अहमद मियाँ।"

"पहले तो आपके ये रुपये रख लीजिए। फिर मैं आपको दो ब्लाउज़ के लिए और कपड़े दे देता हूँ।" रुपये देते हुए अहमद ने कहा।

अहमद मियाँ सिलाई के लिए आए कुछ नए कपड़े लाने का कहते हुए दुकान के भीतरी कमरे में गए। पाँच मिनट गुज़र गए थे और शमीन जैसा सोच रही थी, कपड़े लाने से पहले अहमद मियाँ दो चाय की प्यालियाँ ले आए। शमीन को अहमद मियाँ की शराफ़त पर तनिक भी शक़ नहीं था, इसलिए वो महीने में एक-दो बार अहमद मियाँ के हाथों की बनी चाय भी पी लेती थी।

"शुक्रिया अहमद मियाँ पर आप हर बार ये तक़ल्लुफ़ क्यों करते हैं? अब से आप ऐसा मत कीजिएगा।"

चाय लेती है।

"आप भी गज़ब फरमा रही हैं शमीन जी। मेहमाननवाज़ी में भी भला कोई तक़ल्लुफ़ होता है।" चाय की चुस्की लेते हुए अहमद मियाँ ने कहा।

"मेहमाननवाज़ी तो आपने कर दी, अब थोड़ी दुकानदारी भी कर लीजिए अहमद मियाँ। मुझे सिलाई के लिए कपड़े दे दीजिए।" इस बार शमीन के लहज़े में शमीनवाला अन्दाज़ था।

"हाँ-हाँ! वे तो सुबह से ही यहाँ रखे हुए हैं।"

अहमद मियाँ ने तीन कपड़े मोड़कर शमीन को दिए।

शमीन ने उन कपड़ों को अपने थैले में रख लिया।

"अल्लाह हाफ़िज़ अहमद मियाँ।" कहते हुए शमीन चली जाती है। शमीन को जाते हुए देखा तो अहमद मियाँ ने चिल्लाते हुए कहा, "अल्लाह हाफ़िज़ शमीन बानो, अल्लाह हाफ़िज़।"

मुहल्ले के कुछ लड़कों ने, खासकर वसीम और कल्लू ने इतना होमवर्क तो कर रखा है कि शमीन के जाने के बाद आध घंटे तक अहमद मियाँ बादशाह अकबर बन जाते हैं, एक रहमदिल और बेनियाज़ बादशाह। सब इस बेनियाज़ी का पूरे आधे घंटे तक फ़ायदा उठाते थे। कोई चाय पीने आ जाता, कोई पान खाने, कोई उधार मांगता तो कोई सुबह के नाश्ते का इन्तज़ाम करता।

अपनी मल्लिका के दीदार की ख़ुशी में अहमद मियाँ सबको क़नीज़ समझकर उन पर पैसा लुटाते।

किसी भी आशिक़ के लिए महबूबा के दीदार का सुख कुछ होता ही ऐसा है कि उसकी प्राप्ति के बाद उधार का पैसा लेकर भी दोस्तों को दावत दी जा सकती है।

अहमद मियाँ तो अपने अब्बू का जमा पैसा ही खर्च कर रहे थे।

4

दोनों के घरों की साझा दीवार थी, सिर्फ़ यही एक वजह नहीं थी कि दोपहर को अमूमन राशिदा आबिदा के घर आ जाती थी। वजह यह भी थी कि राशिदा और यूनुस भाई की साफ़दिली और आबिदा की ख़ुद्दार तासीर; जो अब उसकी तीनों बेटियों में भी उतनी ही पुरअसर थी। आज तक ऐसा नहीं हुआ था कि राशिदा के घर कुछ बने और वो उसे आबिदा के पास ख़ुद लेकर न आए या अपने शौहर यूनुस भाई के हाथों न भिजवाए। राशिदा की उम्र कुछ पचपन साल होगी। यूनुस साठ बरस के होंगे। बेहद नेकदिल और ख़ुदापरस्त इन्सान थे। बेऔलाद थे दोनों। तीनों बच्चियों को अपनी ही औलाद जैसा मानते थे। दोनों परिवार पिछले दो बरस से आस-पास के घर में ही किरायेदार थे, यूनुस भाई दो बरस पुराने किरायेदार थे और उन्हीं के कारण ही आबिदा को मकान मालिक ने घर किराये के लिए दिया था। कभी-कभी जब वक़्त पर आबिदा किराया न भर पाती तो इक-दो दफ़ा यूनुस मियाँ ने ही किराया भरा था।

"पिछली दफ़े आपने जो ब्लाउज़ सिले थे, बिल्कुल वैसे ही बनाइएगा आबिदा बहन।" ब्लाउज़ के कपड़े देते हुए राशिदा बोली।

आबिदा ने कपड़े ले लिए।

"अम्मी नहीं, वो हमने सिले थे खाला।"

पास ही मशीन साफ़ कर रही नसरीन ने जैसे ही यह कहा, आबिदा मुस्कराते हुए बोली, "अरे उससे पहले जो ब्लाउज़ तंग सिले थे; वो किसने सिले थे नस्सो?"

राशिदा और आबिदा दोनों ठहाके लगाने लगीं।

"मेरी बच्ची के लिए आप कुछ भी न बोला करें आबिदा बहन। ख़ुशनसीब हैं आप जो अल्लाहताला ने आपको ऐसी हूर-सी बेटी बख़्शी है। देखना एक दिन जब कोई शहज़ादा आकर इसे ले जाएगा, तब आप देखती रह जाएंगी, देखना।"

राशिदा ने नसरीन को जैसे अपनी बाँहों में भर लिया था। नसरीन शरमा गयी।

"खाला हम आपके और अम्मी के लिए चाय बना लाते हैं।" नसरीन चाय बनाने चली गयी।

"क्या हुआ आबिदा बहन क़रीम मिया वाले रिश्ते का?"

नसरीन के जाने पर राशिदा अब आबिदा से बात करने लगीं।

"इन्कार तो नहीं है लेकिन उनकी तरफ़ से हाँ हो गई हो, ऐसा भी नहीं कह सकती। इकलौता लड़का है और जिस शान-ओ-शौकत से वो निकाह करना चाहते हैं..."

"कोई बात नहीं आबिदा बहन, दिल छोटा मत कीजिए। हमारी बच्ची के लिए अल्लाह पाक ज़रूर कोई फरिश्ता-रुह इन्सान ही भेजेगा।"

आबिदा को दिलासा देते हुए राशिदा बोलीं।

चाय बनाते हुए नसरीन ये सारी बातें सुन रही थी। हमेशा इस किस्म की बातों के वक़्त वो ख़ुद को उस जगह से हटा लेती थी। आज भी सब कुछ सुनकर इस वाक़ये से ख़ुद को अन्जान ही दिखा रही थी। अपनी अम्मी की बेबसी को वो रोज़ उन्हीं के साथ जी रही थी, पिछले तीन सालों में निकाह की ये सातवीं ख़बर थी जिसका क़त्ल मुफ़लिसी के हाथों हुआ था।

"ये लीजिए खाला आपकी बिना शक्कर की चाय और अम्मी ये आपकी चाय।

चाय देकर नसरीन राशिदा के ब्लाउज़ के कपड़ों को देखने लगी।

"नस्सो बेटा! तुम चाय नहीं लाई अपने लिए?"

राशिदा ने चाय का गिलास हाथों में लिए नसरीन से पूछा।

'हमें दोपहर में चाय पीने का दिल नहीं करता ख़ाला।"

नसरीन अब भी कपड़ों को ही देख रही थी।

"खाने से दुश्मनी है इसकी।"

"ख़ाला; अम्मी अपनी तबीयत का बिल्कुल भी ख़याल नहीं रखती और देखिए बाक़ी सारी फिज़ूल की बातों के लिए कितना वक़्त रहता है अम्मी के पास। अभी कल ही कमज़ोरी की वजह से बैठ गयी थी।

नसरीन बहुत फ़िक्रमंद थी और उसी अहसास से बोल रही थी।

"आबिदा बहन आप अपनी तबीयत का ख़याल रखा कीजिए।"

राशिदा आबिदा की गिरती तबीयत को देखकर नसरीन से ज़्यादा परेशान थी।

"आप भी इसकी बातों में आ गयी न बहन। कुछ भी नहीं हुआ है हमें। फिर सितम्बर में डॉक्टर को दिखाया भी तो था?"

आबिदा माहौल को सभी के लिए थोड़ा हल्का करना चाहती थी।

"अच्छा राशिदा बहन मैं इन गीले बोरों को बाहर सूखने के लिए डाल आती हूँ; अभी कुछ वक़्त धूप नज़र आ रही है। कुछ फरेरे हो जायेंगे।"

पास ही रखे हुए बोरे लेकर आबिदा ज़ीने की तरफ़ गयी।

नसरीन की आँखों से आँसू निकल पड़े।

"सब ठीक हो जाएगा मेरी बच्ची, फ़िक्र मत करो, वो है न?" राशिदा ने नसरीन को हौसला दिया।

"ये नये बरस का अगस्त है ख़ाला, हम अम्मी को कैसे बताएं कि अगर ख़ुदा न खास्ता हमने उन्हें खो दिया तो..."

रोने की आवाज़ को नसरीन ख़ुद में दफ़्न कर रही थी।

"अल्लाहताला सब ठीक करेंगे बेटा। हौसला रख।"

उधर दहलीज़ के एक किनारे, दीवार से टिककर खड़ी आबिदा एक बार फिर अपनी याद्दाश्त की बेवफ़ाई पर शर्मिन्दा थी। अपनी तबीयत की इस बदलती तासीर के कारण आबिदा ख़ुद से बेहद खफ़ा थी।

गीले बोरों से पानी चू रहा था और आबिदा की रूह से लहू।

ख़ुद का ख़ुद से ही एतराज़ किसी भी इन्सान की सबसे बड़ी सज़ा है। आबिदा इन दिनों ऐसी ही सज़ाओं को जी रही थी।

"मैं चलती हूँ नसरीन, तुम्हारे चाचा के साथ बाज़ार से कुछ सामान लेने जाना है।" राशिदा ने उठते हुए कहा।

राशिदा के आने की आहट सुनते ही आबिदा जल्दी से बोरों को सुखाने के लिए ज़ीने से उतर गयी।

5

शाम छह या सात बजे का वक़्त रहा होगा। आबिदा के मकान के सामने वाली तंग गली से कृष्ण-जन्माष्टमी का जुलूस निकल रहा था। दो चोंगों की आवाज़ और उत्साह से भरे जयकारों के साथ ढोल-मंजीरों की आवाज़ में मस्ज़िदवाला मुहल्ला किसी मन्दिर का चबूतरा महसूस हो रहा था।

यक़ीनन बहुत सुन्दर और बड़ा जुलूस था कृष्ण-जन्माष्टमी का, जिसमें मुस्लिम भाइयों की भी बराबर भागीदारी थी। यही भोपाल है, जहाँ रंग, उत्सव, तीज, त्योहार या तारीख़ से किसी धर्म या मज़हब का एहतराम नहीं किया जा सकता।

दरअसल यही हिन्दुस्तान है।

किशन और राधा बने दो छोटे-छोटे लड़कों का शर्माना और उनके बाक़ी दोस्तों की उनके लिए स्वाभाविक जलन लाज़िमी थी।

बात सही भी है, जब अपने दोस्तों में से किसी एक को कृष्ण किशन बनने के लिए चुन लिया जाए तो निर्विवाद और निर्विरोध रूप से बाक़ी सारे दोस्त ख़ुद को उसी लम्हे से कंस समझने लगते हैं।

ये बच्चों की लीला थी।

लेकिन युवा भक्तजनों की भावनाएँ निस्सन्देह भक्ति-भाव से परिपूर्ण थीं। मिश्रा साहब कमेंटेटर की भूमिका में थे और कृष्ण जी की लीलाओं का वर्णन ऐसे कर रहे थे मानो हिन्दुस्तान और पाकिस्तान का क्रिकेट मैच चल रहा हो। दरअसल ये उनका सर्वश्रेष्ठ प्रदर्शन होता था जिसका एक और पहलू रामनवमीं के जुलूस में दिखता था। मिश्राजी थे तो साइंस के मास्टर लेकिन संस्कृत पर ग़ज़ब का अतिक्रमण था उनका और जब संस्कृत पर

ऐलानी कब्ज़ा कर लिया गया हो तो हिन्दी और हिन्दी-साहित्य का कहाँ दम था कि उनकी सत्ता को स्वीकार न करे।

बहुत मीठा बोलते हैं मास्टर जी, ऐसा मानने वाले वे स्वयं ही एक थे। बाक़ी सभी लोगों के लिए माइक के सामने तीन घंटे चीखना ही उनकी उपलब्धि थी। अपनी उम्र तिरपन साल की बताते हैं और स्वयं घोषित युवा-हृदय सम्राट हैं। अपना एक तथाकथित फैंस क्लब भी बना रखा है इन्होंने। क्लब के लगभग सभी सदस्य इनके विद्यार्थी ही हैं। कुछ-एक की श्रद्धा भी बन पड़ी है उन पर, तो उन्होंने भी उस क्लब में सदस्यता ले ली है। लच्छू उन्हीं में से एक श्रद्धालु है जो उनकी मित्रा-मंडली के सम्माननीय सचिव मनोनित किए गए।

आज भी हमेशा की तरह जुलूस में प्रसाद बांटने का काम लच्छू का था और वो बड़ी प्रसन्नता के साथ अपना काम कर रहा था। कभी-कभी जब प्रसाद बांटने वाले स्थल पर ट्रैफ़िक बढ़ जाता तो जैसे ट्राफ़िक बढ़ जाता वैसे ही लच्छू ट्राफ़िक हवलदार बन जाता। बत्तीस साल की उम्र और बियालीस किलो के वज़नी लच्छू को उसके चाहने वाले मिश्रा मास्टर के अगले उत्तराधिकारी के तौर पर देख रहे थे। कभी जब प्रसाद लेने वाली जगह से विराम मिलता, लच्छू पूरी ताकत के साथ जयकारे भी लगाता था और लगवाता भी था। खास बात तो यह थी कि आप महाकवि बिहारी के कुछ दोहे उनके नाम के बिना तो ढूंढ़ सकते हैं लेकिन लच्छू का एक भी नारा उसके तख़ल्लुस के बिना नहीं होता था। लच्छू एक तथाकथित किन्तु स्वांतः-सुखाय कवि था।

जुलूस पूरे उत्साह और भक्ति-भाव से चला आ रहा था। दोस्त-भाई की शादी में न नाचने वाले भी जुलूस में बहुत तेजी से भावपूर्ण होकर नाचने लगते हैं। इनमें से कई के भाव देखकर तो ये भी लगता है जैसे आज ही भवसागर से पार होने वाले हैं।

गली तंग थी और लोगों का लगातार आना-जाना था। कहीं कोई असुविधा न हो और जुलूस पूरी क़ामयाबी के साथ आगे बढ़े, इसी ख़याल से एक शख्स अपने दोस्त के साथ ट्रैफ़िक-व्यवस्था सम्भालते हुए जुलूस की रहनुमाई कर रहा था। ये फ़िरोज़ और उसका दोस्त अतहर था। दोनों मिलकर एक छोटा-सा गैराज चलाते थे।

जुलूस बहुत क़ामयाब तरीके से आगे बढ़ रहा था और पूरा मुहल्ला जैसे इसमें शरीक़ हो गया थ। आबिदा, राशिदा, यूनुस भाई, नसरीन, शमीन और सहर सब अपने छप्पर से जुलूस देख रहे थे।

एक अपवाद यहाँ भी था। कादिर फ़िरोज़ को सख़्त एतराज़ भरी निगाह से देख रहा था। फ़िरोज़ की नज़र पड़ी तो कादिर मियाँ के गले में हाथ डालते हुए कहने लगा।

"जब कृष्णाजी को मस्ज़िद वाली गली से ही जाना है तो इन्तज़ामात करने वाले हम कौन हैं मियाँ, सब वो ही करा रहा है।"

फ़िरोज़ ज़ोरदार नारा लगाता है।

"हाथी, घोड़ा, पालकी, जय कन्हैया लाल की।"

जुलूस के साथ अतहर आवाज़ बुलन्द करता है।

कुछ इसी किस्म का क़िरदार था फ़िरोज़ का। एक इन्सान-पसन्द और ईमान-पसन्द शख़्सियत का मालिक। बचपन में ही अपने अब्बू-अम्मी का साया सिर से उठ जाने के बाद मुख़्तार चाचा फ़िरोज़ को अपने साथ अलीगढ़ से भोपाल ले आए थे और तभी से फ़िरोज़ ही मुख़्तार चाचा की औलाद थी। तब से फ़िरोज़ उन्हीं को अब्बू कहता था, क़रीब पैंतीस बरस पहले कच्ची बस्तियों के आग की ज़द में आ जाने से मुख़्तार चाचा का परिवार राख़ हो गया था और इसी आग की चपेट में उनके दोस्त रहमत खान का परिवार भी खाक़ हो गया था। सिर्फ़ दो साल का फ़िरोज़ ही बच पाया था जिसकी परवरिश मुख़्तार चाचा ने जैसे अपनी ज़िम्मेदारी बना ली थी।

फ़िरोज़ के लिए ख़ुदा के बाद मुख़्तार चाचा का मर्तबा था।

गली से मुड़ते हुए और दूर जाते हुए जुलूस की आवाज़ अब और भी ज़्यादा हसीन लग रही थी। जुलूस मुड़ चुका था और फ़िरोज़ और अतहर बहुत सुकूँन-नज़र से उसे देख रहे थे। इसी वक़्त मगरिब की नमाज़ के लिए मस्ज़िद ने आवाज़ दी।

"हर सिम्त वही है अतहर भाई।"

मस्ज़िद की तरफ़ मुड़ते हुए फ़िरोज़ और अतहर नमाज़ के लिए बढ़े।

6

मुल्क़, शहर, ज़मीन सब एक। एक ही दिन। तारीख़ भी एक। सुबह, दोपहर, शाम, शब, सबकी एक। वक़्त भी एक, लेकिन इस एक वक़्त के मायने कितने अलहदा होते हैं। एक अल्लाह। एक इबादत। एक-सी इबारत। एक-सा सज़दा और सज़दे में एक जैसे लाखों इन्सान। सब एक हैं पर मुक़द्दर इस क़दर अलहदा क्यों हैं?

आज के दिन के आख़िर में इशा पढ़कर अब तक वही बैठी आबिदा सोच रही थी।

कहीं एकमुश्त और एकतरफ़ ख़ुशनसीब ज़िन्दगियों का पुरनूर अहसास है और कहीं पर कतरनों और ज़रा-ज़रा से हिस्सों में बंटी ज़िन्दगी के मायने तलाशती बेपनाह और स्याह ज़िंदगियाँ... जिसका तसव्वुर तक जीने वालों के ज़हन में एक सनसनाहट घोल देता है।

सनसनाहट का यही काँपता हुआ ख़ौफ़ आबिदा के चेहरे पर रात के वक़्त कुछ ज़्यादा दिखता था। कितना दिलचस्प है न कि सुबह के उजालों में अपनी हक़ीकत को हरा देने वाली आबिदा का चेहरा शब की तीरगी में नाक़ामयाब हो जाता था।

दिनभर आबिदा, नसरीन, शमीन और सहर बेसबब ही ख़ुश रहने की कोशिशें करते हुए एक-दूसरे को धोखा देते रहते थे। हर एक शख़्स दूसरे के झूठ को पहचानता था लेकिन वाह रे ये हादसा और वाह इसके ये चार क़िरदार; जो हर एक के झूठ का साथ पूरी ताक़त से देते थे। जिससे झूठ कहा जा रहा हो, वो उसे हमेशा की तरह सौ फ़ीसदी मान जाता था और बाक़ी दो लोगों का काम उस झूठ की ज़मीन को बुलंद करना था। एक और

बात एक-सी थी चारों में। हर बार तब पूरी शिद्दत से मुस्कुराते थे जब आँखों में बेहिसाब नमी होती थी और आँखें बहुत रोना चाहती थीं।

तीनों बच्चियों के चेहरे और उनकी बेगुनाही जैसे आबिदा से पूछना चाहती थी कि, "अम्मी अब्बू क्यों मर गए?"

चौदह बरस में आबिदा का निकाह रहमत खान से हुआ था।

गंगा किनारे बसे रहीमपुर में एक बड़ा-सा मकान और सामने बिछा एक बड़ा-सा दालान जो अमूमन ज़रूरतमन्दों से भरा होता था। रहमत खान अपने वालिद मरहूम शफ़क़त खान के मानिन्द बहुत शरीफ़ और फ़क़ीराना किस्म के मददगार शख़्स थे। वक़्त चलते-चलते थक जाए लेकिन किसी भी पहर किसी ज़रूरतमन्द की आवाज़ पर उसके लिए बेशर्त चल पड़ते थे। सबके लिए तहेदिल से जो हो सकता था, करते थे और फिर इत्मीनान के साथ जो कुछ अपने दो घोड़ों से कमाते थे, उसी में ज़िन्दगी बसर करते थे। पूरा गांव उनकी बहुत इज़्जत करता था।

ख़ुदा का करम ही था कि रहमत खान को उनकी हमहयात भी उन्हीं की तासीर की मिली थीं। तीन बरस की थी जब आबिदा की माँ का इन्तक़ाल हो गया था। उनके अब्बा ने ही आबिदा सहित उनके पाँच भाई-बहनों की परवरिश की थी।

दो बेटियाँ हो गयी थीं लेकिन रहमत खान को कभी आबिदा से कोई शिक़वा नहीं रहा। वे उसे बहुत प्यार से रखते थे और अमूमन मोहब्बत भरे लहज़े में ये तक कह देते, "बेगम हमें तो आपको देखकर लगता है कि अल्लाह पाक़ ने हमारे घर में तीन बच्चियाँ भेज दी हैं।"

कहीं कुछ अहसास था भी लड़के की चाहत का लेकिन कभी भी बयान नहीं किया। जितना कमाते थे, उसमें घर का खर्चा आसानी से चल जाता था और कुछ बच भी सकता था लेकिन रहमत मियाँ ने जैसे आधे गांव को उधार दे रखा था।

जब तीसरी भी लड़की पैदा हुई तो आबिदा ख़ुश नहीं थी, लेकिन रहमत खान ने उसे चूमते हुए कहा था, "ये सहर है साहिबा, ये लाएगी हमारे ज़िन्दगी में वो उजाले जिनसे हम महरूम रहे हैं अब तक।"

और हुआ भी यही। सहर के पैदा होने के बाद रहमत खान के घर

उनके चश्मे-चराग की आमद हुई। बहुत प्यार से उसका नाम आसिफ़ रखा गया।

आबिदा जब भी कुछ पैस जोड़कर रखने को कहतीं, शौहर का एक ही जवाब होता, "इतनी फ़िक्र मत किया करें आप...ज़िन्दगी पड़ी है ख़ुद के लिए जोड़ने के लिए और फिर हम हैं न आपके साथ।"

लेकिन ज़िन्दगी की इसतिलाह के मायने और साथ होने की मियाद इतनी मुख़्तसर होगी; न रहमत खान ने सोचा था और न ही इसका अन्दाज़ा आबिदा को था।

तेज़ बारिश और लगातार नदी में बढ़ते पानी के स्तर के कारण आस-पास के गांव ख़ाली कराए जा रहे थे। सेना अपनी जान की परवाह किए बिना गाँववालों की हर कोशिश में मदद कर रही थी। अन्दाज़ा ये था कि रहीमपुर अगले दो-तीन दिनों में ख़ाली करा लिया जाएगा और तब तक आस-पास के गांवों में युद्ध-स्तर पर काम चलाया जा रहा था। बड़ी तादात में लोगों को दूसरे गांवों में पहुँचाया जा रहा था। सेना के साथ रहमत मियाँ किसी सिपाही की तरह इस मिशन में लगे हुए थे।

गंगा की रफ़्तार, सेना की रफ़्तार से ख़ूब ज़्यादा तेज़-रफ़्तार थी और वो रहीमपुर के क़रीब जयनगर जो अभी सेना द्वारा ही ख़ाली कराया जा रहा था, उस सारे गांव को अपने साथ बहा ले गयी। गांव के बहुत से लोगों के साथ सेना की दो पूरी की पूरी टुकड़ियाँ लापता थीं।

दो-तीन दिन तक ख़ुद को महफ़ूज़ मानने वाले गाँववालों ने ख़्वाब में भी नहीं सोचा होगा कि आज की शाम किसी सैलाबी समुंदर से होकर गुज़रने वाली है।

अब तक रहीमपुर भी बुरी तरह बाढ़ की ज़द में आ गया था। अब सिर्फ़ दो आवाज़ें आ रही थीं पानी की और अपनी छूटती हुई ज़िन्दगी को थामने के लिए चीखते लोगों की।

कमज़ोर और कच्चे घर बह गए। आबिदा चारों बच्चों को छाती से चिपकाए घर की दीवार से सटी हुई थी। मक़ान कुछ मज़बूत था, सैलाब सह गया लेकिन बाक़ी तमाम पानी में बह गया। जहाँ घोड़ों का अस्तबल था, अब वहाँ कोई दरिया आ गया था।

पानी उतरा लेकिन तब तक कई गांवों की लाशों पर क़फ़न चढ़ चुके थे। औरत, मर्द, बुज़ुर्ग, बच्चे और मवेशियों, सबकी लाशें एक साथ बिखरी हुई थीं। घर, खेत और फ़सलें सब तबाह हो चुके थे। सिर्फ़ मातम था। कहीं-कहीं तो पूरे के पूरे खानदान का निशान नहीं बचा था। ऐसे परिवारों का क्रिया-कर्म बचे हुए गाँववालों ने किया। हर घर से दो-दो, तीन-तीन अर्थियाँ उठ रही थीं।

सेना अब भी गुमशुदा लोगों की तलाश में थी। तीन दिन बाद गुमशुदा लोगों में से कुछ की लाशें मिलीं और उनकी शिनाख़्त के बाद जो दूसरी फेहरिश्त जारी की गयी, उसमें रहमत खान का नाम भी था।

आबिदा बेपनाह और बच्चे जैसे यतीम हो गए थे। आबिदा की ज़िन्दगी के रोशन सफ़हों की किताब के वरक़ अब स्याह हो गए थे मगर स्याह सफ़हों पर स्याह स्याही से लिखा हुआ और न लिखा हुआ, एक ही बात है..

महामारी फैलने के डर से गांव ख़ाली कराए जा रहे थे। आबिदा चारों बच्चों को लेकर इलाहाबाद आ गयी। कई रातें बस स्टैंड और रेलवे स्टेशन पर गुज़रीं तो कई रातें रतजगों में, गांव भर को पनाह देने वाले रहमत खान का परिवार अपने ही पाँव के नीचे एक बित्ता ज़मीन का मोहताज़ था और सिर पर एक टुकड़ा छत से भी महरूम।

आसिफ़ उस वक़्त सिर्फ़ छह महीने का था। बारिश की वजह से उसकी तबीयत ऐसी बिगड़ी कि कभी ठीक ही न हो सकी। निमोनिया हो गया था उसे। इलाहाबाद की सड़कों पर ग्यारह महीने के अपने बीमार बच्चे को गोद में लिए आबिदा दर-दर भटक रही थी। जब बमुश्किल एक सरकारी अस्पताल में पहुँची, तब तक दो दिन की देरी हो चुकी थी।

आसिफ़ को मरे दो रोज़ हो चुके थे।

मुफ़लिस वक़्त की पहली खुराक़ बना आसिफ़। तीन सौ सात दिन की उम्र ही सह सका था वो।

आसिफ़ के इन्तक़ाल के बाद आबिदा अपनी तीनों बच्चियों को लेकर कैसे भोपाल आ गयी, वो भी नहीं जानती। जाने भोपाल का कौन सा कर्ज़ और बाक़ी था आबिदा की ज़िन्दगी पर, जो उसे अब यहाँ ले आया था।

सुबह पाँच बजे शजर की आवाज़ आबिदा की रूह को वापस अपने

गुसलखाने की दीवार से टिके हुए जिस्म में ले आई थी। पथराई हुई आँखें बीस बरस के मंज़र को एक साथ देखकर लौटी थीं लेकिन पूरी गंगा की लहरों की एक बूंद भी उसकी चट्टान सरीखी सूखी आँखों में मौजूद नहीं थी।

बारिश के बाद का सूरज कितना और किस हद तक चुभ सकता है, इसको सिर्फ़ वो ही महसूस कर सकता है; जो भीगकर सूरज की तल्खी के मुक़ाबिल बिना छत के खड़ा हो।

आबिदा इस वक़्त सज़दे में थी।

7

"अरे फ़िरोज़ भाई..."

दूर से आवाज़ लगाता हुआ तारिक़ अपनी मोटरसाइकिल खींचते हुए ला रहा था।

शादी हुए एक हफ़्ता भी नहीं गुज़रा था और दहेज की मोटरसाइकिल तीन बार ख़राब कर ली थी जनाब ने। पहले तो पैदल और डाएं-डाएं बस्ती भर में घूमते रहते थे लेकिन निकाह के बाद से तो जैसे सोते भी मोटरसाइकिल पर ही हों... तारिक़ भाई की मशहूरियत के क़िस्से ये थे कि सोमवार हो, मंगलवार हो या बुधवार, किसी लड़की को छेड़ते हुए किसी की पिटाई की ख़बर सुनाई दे तो सब समझ जाते थे तारिक़ भाई को एक बार फिर इश्क़ हुआ है।

गैराज के काले और कई दिनों के आइल लगे हुए कपड़े पहने फ़िरोज़ ने एक मारुति का मुँह बंद करते हुए तारिक़ की तरफ़ देखा। अतहर भी कोई पुर्ज़ा दुरस्त करते हुए उस ओर देखने लगा।

"साला ये रोतलू फिर सुबह-सुबह आ गया।"

अतहर फ़िरोज़ से कह रहा था और फ़िरोज़ मुस्करा रहा था।

"अल्लाह कसम फ़िरोज़ भाई इसको आपकी वजह से सह लेता हूँ; वरना पूरे भोपाल में कोई नहीं जिसकी इतनी ज़ुर्रत पड़े कि अतहर की बनाई गाड़ी पर उंगली उठा दे।"

एक कपड़े से अपने हाथ पोंछते हुए अतहर वापस अपने काम में लग गया।

"सलाम फ़िरोज़ भाई, भाई वो अपनी गाड़ी फिर ख़राब हो गयी, यार मियाँ! मेरे को समझ में नई आरिया कि हो क्या रिया है मेरी गाड़ी के साथ। फ़िरोज़ भाई कहीं तलाक़-वलाक़ न करवा दे ये?'

फ़िरोज़ बहुत इत्मीनान से सुन रहा था।

"कुछ तो बताओ याने फ़िरोज़ भाई? भाई मेरे को लग रहा है कि ससुराल वालों ने कहीं कोई पोरानी-बोरानी गाड़ी तो नई दे दी हमको? अम्मी को भी ऐसा ही लग रहा है भाई सच बताएं तो..."

बोलते हुए रुक गया कुछ वक़्त, फ़िरोज़ गाड़ी को देख रहा था।

"मतलब मेरा तो दिमाग़ ख़राब हो रिया है फ़िरोज़ भाई, झगड़ा न हो शबनम से आज।"

"गाड़ी ख़राब हुई तो बीवी से क्यों झगड़ा करेगा भाई? गाड़ी तो तुम चलाते हो तारिक़ मियाँ?" फ़िरोज़ गाड़ी के पुर्ज़े निकाल रहा था।

"नई तो ठीक है मतलब है मियाँ कि गाड़ी हम चलाते हैं लेकिन दी तो उन लोगों ने है न? कोई ज़िम्मेदारी भी तो बनती है न भाई, कि सब हम ही करेंगे मतलब?"

"तारिक़ भाई गाड़ी दो-तीन दिन बाद ले जाना।"

फ़िरोज़ गाड़ी देखते हुए बोल रहा था।

"अतहर भाई इस गाड़ी को ज़रा अन्दर खड़ी कर देना।"

"ठीक है।"

जाते हुए अतहर ने तारिक़ को एक बार देखा।

"आराम से ले जाना अतहर भाई, नई है बिल्कुल।"

अतहर को देख तारिक़ ने कहा।

शनिचर को आने का कहते हुए तारिक़ चला गया।

"पूरे भोपाल में आप अकेले ही एक शख़्स हो फ़िरोज़ भाई जो इसको सहन कर लेते हो, वरना सब तो देखते ही भगा देते हैं कमीने को।"

अतहर अपने गैराज वाली शर्ट बदल रहा था। आज दोनों 'परवरिश'

के लिए एक नया मेहमान लेने जा रहे थे, इसीलिए गैराज का काम दो बजे ही बंद कर दिया था। फ़िरोज़ भी अपने कपड़े बदल चुका था।

स्कूटर पर किक मारकर फ़िरोज़ अतहर का इन्तज़ार करने लगा।

"आराम से चलेंगे फ़िरोज़ भाई! बहुत वक़्त है अपने पास।"

कहते हुए अतहर पीछे की सीट पर बैठ गया। अतहर जब पीछे की सीट पर बैठता था तो बिल्कुल वैसा लगता था जैसे किसी छोटे से बच्चे को किसी नाई की दुकान में उस्तरा-कैंची देखकर लगता है। स्कूटर पर बैठने के साथ ही वो जैसे कोमा में चला जाता था। हमेशा बैठने से पहले वो फ़िरोज़ से कहता था, "फ़िरोज़ भाई, ज़रा आराम से चलाना यार। भाई आपको तो मालूम ही है कि मेरी फटती है गाड़ी पर बैठने से।"

8

साँवला चेहरा और उस पर बोलती हुई आँखें। अगर चुप भी रहे तो सुनाई देता है फ़िरोज़। अपनी बेऐतबारी की ज़िन्दगी में उसे सबसे ज़्यादा ऐतबार अपने रब का ही था। बचपन से मुख़्तार चाचा की सरपरस्ती और उनकी सोहबत ने फ़िरोज़ को इस क़दर हस्सास बना दिया था कि उसके हर एक अहसास में किसी और ज़रूरतमंद की जगह उतनी ही होती जितनी ख़ुद की थी।

चार बच्चे थे फ़िरोज़ के घर में जो उसी के साथ रहते थे। मुख़्तार चाचा ने बहुत प्यार से फ़िरोज़ के घर का नाम 'परवरिश' रखा था। घर का आधा हिस्सा पूरी तरह ऐसे बना दिया गया था कि वो एक छोटा-सा हॉस्टल लगता था। विमला पर इसकी सारी ज़िम्मेदारी थी और उसके साथ उसकी मदद के लिए दो और औरतों को भी रखा गया था।

चारों बच्चे शहर की अलग-अलग जगहों से मिले थे। जिनके माँ-बाप का कोई पता नहीं था। अब फ़िरोज़ ही इनका सब था और फ़िरोज़ के लिए भी सब कुछ यही थे। मुख़्तार चाचा की बुजुर्गियत उन्हें ज़्यादा आने-जाने की इज़ाजत नहीं देती थी और फिर मुख़्तार चाचा भी कौन सी इज़ाजत लेते थे। हाँ बस इतना ज़रूर कि उन्हें फ़िरोज़ की नाराज़गी का शिकार ज़रूर होना पड़ता था, जब वे बेवज़ह परेशान होते।

अतहर कहने को तो फ़िरोज़ का दोस्त और उसका गैराज पार्टनर था लेकिन भाई से बढ़कर था उसके लिए। घर के सारे काम का ज़िम्मा जैसे ऐलानी तौर पर वो अपने उपर ले चुका था।

फ़िरोज़ ने स्कूटर कोतवाली की तरफ़ मोड़ लिया।

स्कूटर अब रुक चुका था और फ़िरोज़ के साथ आए अतहर भाई वापस सामान्य ज़िन्दगी में हाज़िर हो रहे थे।

आज 'परवरिश' में पाँचवाँ बच्चा आने वाला था। इसीलिए अतहर भी बहुत ख़ुश था।

'लोग अपने जिगर के टुकड़े को ऐसे क्यों छोड़कर चले जाते होंगे फ़िरोज भाई?'

वह हमेशा यही सोचता था कि कैसे अभागे माँ-बाप हैं जो ऐसे बच्चों को त्याग दिया? क्या उनकी आत्मा ने इन फूल जैसे बच्चों को छोड़ते हुए आँसू न बहाए होंगे? क्या उनका दिल न दुखा होगा? क्या उनका धर्म-ईमान न मर गया होगा? क्या उनके हाथ न कांपे होंगे जब वो इन्हें छोड़कर जा रहे थे?

अतहर फ़िरोज़ के साथ कोतवाली पहुँच चुका था।

"इन्सान से ज़्यादा वक़्त गुनहगार होता है अतहर मियाँ।'

हँसते हुए फ़िरोज़ ने कहा।

सामने दिवाकर बघेल थे। इस कोतवाली के प्रभारी थे। जब भी कोई लावारिस बच्चा मिलता, फ़िरोज़ को बुला लेते।

"बघेल साहब नमस्ते।"

'आइए फ़िरोज़ भाई, सलाम।"

तीनों कुर्सियों पर बैठ गए।

"लालघाटी की मस्ज़िद के सहन पर पड़ा था। कौन और कब छोड़ गया, कुछ नहीं मालूम। उम्र तीन बरस भी नहीं है कि कुछ बोल सके या बता सके।'

बघेल साहब बच्चे की जानकारी दे रहे थे।

"बार-बार बस माँ-माँ कह रहा था। अभी चुप हुआ है।"

"कहाँ है बच्चा बघेल साहब?" फ़िरोज़ का लहज़ा बेसब्र था।

"प्रधान बच्चे को ले लाओ।" बघेल साहब ने अपने दरोगा से कहा।

"सर।"

प्रधान बच्चे को लेने बिल्कुल इसी कमरे से सटे कमरे में गया।

प्रधान की गोद में बहुत मासूम-सा बच्चा था। शायद उसकी निगाह अभी भी अपनी माँ को ही ढूंढ़ रही थी। उसके आँसुओं के सूखे निशान गालों पर थे और चेहरे पर एक अजीब-सा ख़ौफ़।

फ़िरोज़ फ़ौरन उठा और उस बच्चे को प्रधान की गोद से ले लिया। अतहर भी उसी तरफ़ बढ़ा था। बच्चा अब भी सहमा हुआ था।

फ़िरोज़ की गोद से बच्चा अतहर ने लिया और उसे बहलाते हुए कोतवाली से बाहर आ गया।

"बघेल साहब जब भी इसके किसी परिचित का पता चले, आप इत्तला कर दीजिएगा। मैं ख़ुद इसे लेकर हाज़िर हो जाऊंगा।"

"ज़रूर फ़िरोज़ भाई।"

"ये यहाँ दस्तख़त कीजिए।" रजिस्टर बढ़ाते हुए बघेल साहब ने कहा। फ़िरोज़ ने दस्तख़त किए।

"अब इज़ाजत दीजिए बघेल साहब।" फ़िरोज़ ने मुस्कराते हुए कहा।

"अरे फ़िरोज़ भाई कभी एक कप चाय कभी हमारे यहाँ भी पी लिया कीजिए। आपके यहाँ से तो बिना कुछ खाए आप आने भी नहीं देते।"

बघेल साहब ने फ़िरोज़ से आग्रह किया।

"मैं ज़रूर रुकता लेकिन अभी और आज जाने दीजिए, ज़िम्मेदारी अभी बाक़ी है बघेल साहब।"

फ़िरोज़ के चेहरे पर मुस्कराहट थी। फ़िरोज़ नमस्ते कहते हुए कोतवाली से बाहर आ गया।

बहुत उम्मीद और एतबार की नज़र से बघेल साहब और प्रधान फ़िरोज़ को जाता हुआ देख रहे थे।

अतहर बच्चे को जैसे पिता की तरह सम्भाले हुए था। बच्चा पहले से कुछ बेहतर था। उसके चेहरे पर अतहर की उल्टी-सीधी हरकतों से मुस्कराहट भी आ रही थी...फिर फ़िरोज़ का तो अतहर के बारे में मानना

भी यही था कि मैकेनिक नहीं होता तो अतहर किसी सर्कस का जोकर होता।

फ़िरोज़ ने स्कूटर चालू किया और अतहर से बोला।

"अतहर मियाँ आज बहुत इत्मीनान से चलाऊंगा, पूरे दो घंटे में घर पहुँचेंगे हम।"

मुस्कराता हुआ अतहर बच्चे को लेकर स्कूटर पर बैठ गया और यकबयक़ उसकी ज़बान कह उठी, "फ़िरोज़ भाई आराम से चलाना यार..."

दोनों की हँसी रास्ते के पहलू में बिखर गयी।

फ़िरोज़ अब 'परवरिश' के सामने पहुँच चुका था। मुख़्तार चाचा दहलीज़ पर उसका इन्तज़ार कर रहे होंगे, फ़िरोज़ जानता था। दरवाज़े के ठीक सामने मुख़्तार चाचा और विमला जैसे बच्चे के मुन्तज़िर ही थे।

मुख़्तार चाचा ने अतहर से बच्चा लिया और उसे दुआएं देने लगे, फिर बच्चा विमला को सौंपते हुए कहा, "ले बेटा इसे इसके नए झूले में ले जा।"

"आजा बेटा...देख तेरे लिए नया झूला..."

विमला बच्चे को लेकर जा चुकी थी।

"अब्बू आप नया झूला भी ले आए?"

फ़िरोज़ मुख़्तार चाचा की इसी अदा का कायल था।

"तो क्या मेरे बिस्तर पर सू-सू-पोट्टी कराता।"

अतहर की हँसी फूट पड़ी।

"अरे फ़िरोज़ ज़रा बाज़ार से एक मच्छरदानी और ले आना बेटा।"

मुख़्तार चाचा ने जोर देते हुए कहा।

"अच्छा अब्बू ज़रूर।"

फ़िरोज़ और अतहर दोनों बाज़ार के लिए रवाना हो गए।

९

शाम आज कुछ ज़्यादा उजली लग रही थी।

आबिदा, नसरीन, शमीन और सहर; राशिदा के घर सिवैया बनाने में उनकी मदद कर रही थीं लेकिन शमीन उठकर ऊपर छत पर चली गयी।

सात बज चुके थे लेकिन रोशनी बरकरार थी अब तक और आसमान भी परिन्दों से भरा पड़ा था।

शमीन अपने मकान की छत से राशिदा खाला की छत पर चढ़ गयी। उसकी ऊंचाई कुछ ज़्यादा थी और वहाँ से आसमान ज़्यादा दिखता था।

शमीन को आसमान देखना बहुत पसंद था और हर बार वो जब भी आसमान देखती तो उसे अपनी अम्मी की बात याद आ जाती।

"ये परिन्दे अन्धेरों से बहुत डरते हैं और इसीलिए जैसे ही शाम होने लगती, ये सब अपनी जान परों में रखकर अपने-अपने आशियाने की तरफ़ जाते हैं। अम्मी ने उसे यह भी बताया था कि कई परिन्दे ऊंचाईयों की वजह से नहीं बल्कि उजले वक़्त तक अपने बसेरे में नहीं पहुँचने की घबराहट में ही अपनी उड़ान से गिरकर मर जाते हैं।"

आठ-दस बरस की थी शमीन जब अम्मी ने उसे ये बताया था, लेकिन तब से जैसे ही उसे शाम का वक़्त दिखता, वो फ़ौरन आसमान में उड़ते हुए परिन्दों को देखने लगती और उनके सलामती से अपने बसेरे में पहुँचने के लिए दुआ भी करती। जाने कितनी बार तो अन्धेरे में किसी परिन्दे के उड़ने का ख़याल ही रुला गया था।

शमीन दुआएं पढ़ती हुई आसमान को देख रही थी। अचानक उसे अहसास हुआ कि उसे फिर उल्टी होने वाली है। वो फ़ौरन छत से उतरी।

धीरे से अम्मी और सबके सामने से गुज़री और फिर तेज़ भागते हुए गुसलखाने तक पहुँची ही थी कि उल्टी कर दी, उल्टी में खून था।

इससे पहले कि कोई आता, शमीन ने ढेर सारा पानी उस जगह पर डालकर सारा खून बहा दिया।

पानी की आवाज़ से आबिदा ने एक बार कुछ सोचा।

"मैं मगरिब की नमाज़ अदा करके आती हूँ।"

कहते हुए आबिदा उठी।

अम्मी को जाते देख नसरीन के ज़हन में ये सवाल उठा कि, "अभी तो वक़्त है नमाज़ के लिए, फिर अम्मी..."

वो वापस सिवैया बनाने लगी।

आबिदा जैसे ही घर पहुँची तो शमीन एक कपड़े से अपना मुँह पोंछ रही थी। उसकी आँखें सुर्ख हो रही थीं और खाँसी आ रही थी।

"क्या हुआ बेटा शमा?"

आबिदा का लहज़ा बेहिसाब फ़िक्र से भरा था। वो लगातार शमीन के चेहरे के पानी को अपने हाथों से पोंछ रही थी। फिर अपने दुपट्टे से उसका पूरा चेहरा पोंछने लगी।

"तबीयत तो ठीक है बेटा तेरी?"

"बिल्कुल ठीक है अम्मी। आप तो ज़रा सी बात में देखो कितनी परेशान हो जाती हैं। खाने-पीने में कुछ आ गया होगा तो उल्टी हो गयी और उसी वज़ह से आँखें लाल हो गयीं, बस।'

"खाने-पीने का ख़याल रखा कर बेटा। मैं तुझे पुदीने और शक्कर का कौर दे दूँ।"

शमीन का हाथ पकड़कर उसे बैठाती है और पुदीने-शक्कर का कौर बनाने लगती है।

"अम्मी आप भी न...इतना परेशान मत हुआ कीजिए इन छोटी-छोटी बातों में?

शमीन उठकर अम्मी के क़रीब चली गयी।

"ये ले, पहले ये कौर खा और फिर कुछ देर बाद उबला पानी पी लेना।" शमीन को अपने हाथों से कौर खिलाया।

"अब तो कौर भी खा लिया अम्मी, अब तो परेशान होना बंद कीजिए आप।" कौर खाते हुए शमीन ने कहा।

आबिदा एक गंजी में पानी उबालने का इन्तज़ार कर रही थी क्योंकि वो जानती थी इसके लिए अभी चूल्हे से लम्बी लड़ाई लड़नी होगी।

शमीन आबिदा की छटपटाहट देख रही थी और उस वक़्त शमीन की आँखों में एक ख़ौफ़ था, वही ख़ौफ़ जो आसमान में अंधेरा हो जाने के बाद अपने बसेरे तक न पहुँच पाने वाले परिन्दे में होता है। ख़ौफ़...कहीं से कहीं तक न पहुँच पाने का ख़ौफ़।

ख़ौफ़! आख़िरी और अधूरे सफ़र का ख़ौफ़...अब छूट जाने का ख़ौफ़।

10

खासा नाम और मकाम था डॉक्टर गिरी का भोपाल में और ग़जब थी उनकी मशहूरियत। पैंतीस साल के कॅरियर में उन्होंने पूरी क़ामयाबी के साथ अपना काम किया था। पैसों को कभी तरजीह नहीं देते थे।

हज़ारों ज़िन्दगियों और मौत को कहने, देखने और सुनने वाले डॉक्टर गिरी का हौसला आज जैसे बैठ गया था। वे साहस ही नहीं जुटा पा रहे थे शमीन से कुछ भी कहने का... सिर्फ़ पच्चीस साल की उम्र और ज़िन्दगी की तमाम खुशियों से अन्जान और फिर अपने सामने बड़ी होती हुई शमीन को वो कैसे बताएं कि अब वो मौत की दहलीज़ पर है।

"मैंने पिछली बार भी कहा था शमीन बेटा कि अगर समय पर इलाज़ नहीं किया गया तो बात बिगड़ सकती है। पिछले एक साल से तुम एक बार भी इलाज़ के लिए नहीं आई।"

शमीन चुप थी और किसी तय से जवाब के लिए तैयार भी।

डॉक्टर गिरी लगातार बोल रहे थे।

"पिछले चार-पाँच माह से मैं बाहर था लेकिन तुम..."

"क्या बीमारी बहुत ज़्यादा बढ़ गयी है डॉक्टर चाचा?" शमीन के सर्द लहज़े ने डॉक्टर गिरी को बीच में ही रोक दिया।

"लेकिन अब भी उम्मीद है शमीन। डरने की कोई बात नहीं, अब जैसा मैं कहता हूँ।"

"बताइए न डॉक्टर चाचा।"

शमीन सच सुनने को तैयार थी लेकिन डॉक्टर गिरी कहने के लिए हिचकिचा रहे थे।

"शमीन बेटा...बेटा शमीन..."

डॉक्टर गिरी ने रिपोर्ट टेबल पर रखी।

"कैंसर लगभग आख़िरी स्टेज में है।"

डॉक्टर गिरी ने बोलने के बाद ही शमीन को देखने की ज़ुर्रत की।

शमीन अब भी डॉक्टर गिरी को ही देख रही थी, जैसे उसके ज़हन में कोई तलात्तुम बढ़ा जा रहा था।

"बेटा बेहतर यही होगा कि तुम अम्मी और अपनी बहन को सब सच-सच बता दो और इलाज के लिए तैयार हो जाओ। पैसों की फ़िक्र बिल्कुल भी नहीं करना बेटा।"

शमीन को समझाते हुए डॉक्टर गिरी ने कहा।

"अम्मी मर जाएगी डॉक्टर चाचा अगर उन्हें मालूम चल गया कि हमको कैंसर है और हमारी आपा, नहीं, डॉक्टर चाचा नहीं, हम उन्हें नहीं बता सकेंगे। कभी नहीं बता सकेंगे।'

दर्द का दरिया जब रूह में उफान मारता है तो कोई लहर निगाह के रास्ते ज़िस्म से बाहर भी छलक जाती है।

"मैं इलाज़ ज़रूर करवाऊंगी डॉक्टर चाचा लेकिन आप, आपसे एक बात कहना चाहती हूँ मैं।"

शमीन अपने आँसू पोंछते हुए बोली।

"बोलो बेटा, जो चाहो कह सकती हो।"

डॉक्टर गिरी ने पिता सरीखा हाथ शमीन के सिर पर रखा।

"डॉक्टर चाचा आप मुझसे एक वादा कीजिए कि आप कभी भी अम्मी, आपा या सहर को मेरी बीमारी की बात नहीं बताएंगे...वादा कीजिए डॉक्टर चाचा।"

"नहीं बताऊंगा बेटा शमीन लेकिन तब जब तुम इलाज़ के लिए हाँ कहोगी।"

डॉक्टर राजेश गिरी और शमीन के अलावा शमीन की बीमारी के बारे में कोई भी नहीं जानता था। उनकी बेटी पूजा और शमीन दोनों अच्छी सहेलियाँ थीं। पूजा की शादी दो साल पहले ही इंदौर में हुई थी। डॉक्टर गिरी शमीन और उसके पूरे परिवार का हमेशा मुफ़्त इलाज़ ही करते थे। बहुत ज़िदें करने के बाद भी कभी कोई पैसा नहीं लिया था उन्होंने।

आज तो शमीन ने पैसे दिए भी नहीं थे तो डॉक्टर गिरी के वापस करने का सवाल ही नहीं था।

"बेटा किसी किस्म की कोई कमीबेशी हो तो मुझसे संकोच मत करना।"

कुछ ज़रूरी दवाइयां देते हुए डॉक्टर ने शमीन से कहा।

"अभी सब ठीक है डॉक्टर चाचा। कभी ज़रूरत होगी तो ज़रूर कहूँगी।"

शमीन ने मुस्कुराते हुए दवाइयां लीं और लौटने लगी।

डॉक्टर गिरी आबिदा और उसकी तीनों बेटियों की इसी खुद्दारी के कायल थे और शमीन को तो अपनी बच्ची ही मानते थे वो।

11

आज से ठीक सात दिन बाद ईद थी लेकिन हफ़्ते भर पहले से पुराने भोपाल की सँकरी गलियाँ जैसे सिमटकर और क़रीब आ गयी थीं। सारी गलियाँ ही जैसे ईद से एक हफ़्ते पहले ही एक-दूसरे से गले लगकर ईद की मुबारकबाद दे रही थीं। मस्ज़िदों के क़रीब तो मेले का आलम था। दुकानें बहुत ख़ूबसूरती से सजी होतीं और सारे बाज़ार चटख रंग के कपड़े पहने बच्चों, कुर्ता-पायजामा पहने लोगों और बुरके में लिपटी हुई लड़कियों-महिलाओं से भरे होते थे। नातों और कव्वालियों के कैसेट का बजना तो हर दुकान की पहली ख़ासियत होती है यहाँ। चारों तरफ़ से चालीस तरह की नातों और कव्वालियों की आवाज़ें आती हैं लेकिन अहम बात ये है कि एक साथ ये सारी आवाज़ें चुभती नहीं बल्कि और भी मीठी लगकर कानों में जैसे सिवैया घोल देती हैं।

किसी भी मुस्लिम भाई के घर मुसलमान से ज़्यादा उसके गैर-मुसलमान दोस्त आते हैं सिवैया खाने। सही मायनों में ये मंज़र ही हिन्दुस्तान की शक्ल-सूरत और सीरत की पुख़्ता गवाही देने वाले हिन्दुस्तानी अहसास थे और इन्हीं अहसासों की ख़ुशबुओं से महकता और मुस्कराता था भोपाल।

“एक सौ सात।”

सारे पैसों को इकट्ठा करके जिनमें चिल्लर अठन्नी-चवन्नी के सिक्के भी थे; को गिनकर नसरीन ने शर्मिन्दा लहज़े में कहा।

आबिदा ने नसरीन को देखा और अपनी मुफ़लिसी पर हँसने लगी।

ऐसा हँसना भी किसी क़िश्त की मानिन्द होता है क्योंकि मुफ़लिसों का साथ उनके आँसू भी नहीं दे पाते बहुत देर तक; इसीलिए एक वक़्त के बाद

आँखों की बेवफ़ाई का क़र्ज़ उनके होंठ अदा करते हैं।

"लगता है ख़्वाब ही रह जाएगा इस बार भी नया बुरक़ा।"

आबिदा उठी और खिड़की से मस्जिद के सामने लगा मेला देखने लगी।

उसकी निगाहों में एक ख़ालीपन था जो किसी लम्बे और वीरान से मैदान की तरह आँखों से होकर पूरे चेहरे पर पसरा हुआ लगता था। ऐसा लगता था मानो इस मैदान में वक़्त ने सारी फैसलाना ज़ंगें लड़ी हों। आबिदा नसीब की संगदिली से वाक़िफ़ तो थी लेकिन इन्सानी फितरत है कि ख़्वाहिश करना नहीं छोड़ती।

"अरे अम्मी वो अहमद भाई के यहाँ से बारह रुपये आने बाक़ी हैं अभी। पूरे एक सौ उन्नीस हो जायेंगे।"

नसरीन ने ख़ुश होकर आबिदा से कहा।

अमूमन पैसे या इस किस्म की खुलकर बातें घर में यानी आबिदा और नसरीन के दरम्यान तब होती थीं जब शमीन और सहर घर में नहीं होते थे।

आबिदा अब भी खिड़की से बाहर मेले के मंज़र को देख रही थी। उसे अपने शौहर के साथ के मेले का वो बारह बरस पुराना मंज़र याद आ गया जिसमें अपनी तीनों बच्चियों के साथ वो एक मेले में थी और रहमत मियाँ ने दो नए बुरके ख़रीदे थे पड़ोस में रहने वाली शगुफ़्ता की बेटियों के लिए और आबिदा से कहा था, "बच्चियाँ किसी की भी हों, हमेशा मुस्कराती रहनी चाहिए।"

आबिदा ने आसमान देखा और एक गहरी साँस लेकर मस्जिद की तरफ़ देखने लगी।

शाम का सूरज मस्ज़िद के पीछे ही छुपकर रात बसर करता था। धीरे-धीरे सूरज मस्ज़िद की ओट में छिप गया था और मशरिब के जानिब का आसमान कोई बड़ी-सी लाल रजाई लेकर मस्ज़िद की सिम्त धीरे-धीरे बढ़ने लगा।

आबिदा जैसे ही पलटी, उसके पीछे नसरीन हाथ में एक सौ सात रुपये रखे थैली लिए खड़ी थी और मुसलसल आबिदा को देख रही थी। नसरीन के चेहरे पर थकावट थी जैसे वो भी अपनी अम्मी और अब्बू के साथ बारह

बरस पुराना मेला घूमकर आई हो।

आबिदा नसरीन को देखती ही रह गयी, राशिदा खाला के आने से आहट हुई और नसरीन पैसों की थैली अंदर रखने चली गयी।

12

अन्धेरा धीरे-धीरे बढ़ रहा था। फ़िरोज़ अपने गैराज के बाहर सामने की ओर खड़ी जीप सुधार रहा था। अतहर गैराज के भीतर तारिक़ के स्कूटर को दुरुस्त करने में लगा हुआ था।

"अतहर भाई लगता है अपनी तरह हमें भी चश्मा लगवाकर ही रहेंगे आप?"

अपनी कमीज़ की दाईं बांह को मोड़ते हुए फ़िरोज़ ने कहा, "करता हूँ फ़िरोज़ भाई। अभी लाइट चालू करता हूँ।"

बहुत देर से बैठे हुए अतहर ने उठकर आसमान को दो मुक्के मारे और लाइट चालू कर दी। "आज बारह बजेंगे अतहर भाई मुझे। ये आज ही देनी है ठीक करके।"

जीप का अगला हिस्सा पूरा खुला था और फ़िरोज़ दोपहर से सिर गड़ाए उसे दुरूस्त करने में लगा हुआ था।

"ठीक है भाई ज़रूर।"

अतहर ने तारिक़ की गाड़ी ज़मीन पर सुला दी।

"अरे अतहर तुम जाते वक़्त ख़याल से साहिल की दवाइयां लेते जाना, विमला कह रही थी खत्म हो गयी हैं।"

"मुझे तो कभी-कभी लगता है कि दवाइयां साहिल कम और ये विमला ज़्यादा खाती है।" अतहर हँस रहा था।

"हो गया या बाक़ी है।"

फ़िरोज़ का सिर जीप के भीतर घुस गया था।

“अच्छा फ़िरोज़ भाई मेरी एक काम की बात सुनो, पहले पैसे ले लेना और फिर देना नदीम को जीप। हरामखोर ने पिछली बार के साढ़े तीन सौ रुपये अब तक नहीं दिए हैं।”

“ ‘परवरिश’ के लिए पिछली दफ़े एक बोरा गेहूं उसी ने भिजवाया था अतहर मियाँ।” पाना उठाते हुए फ़िरोज़ ने कहा।

“ऐ साला...नौ सौ चूहे खा कर बिल्ली हज को चली...उस कमीने में इतना घनघोर बदलाव कैसे आ गया फ़िरोज़ भाई?”

अतहर अपना काम छोड़कर जीप के पास खड़ा हुआ अपने हाथ पोंछ रहा था।

“ईद के रोज़ के दूसरे दिन कव्वाली के प्रोग्राम के लिए नदीम डेकोरेशन का पूरा खर्चा दे रहा है; तुम्हें कुछ मालूम भी है। बदल रहा है वो।”

“अच्छा है बदल जाए, नहीं तो बघेल साहब उसे ज़िलाबदर वैसे ही कर देंगे।”

हँसता है। इतने में मुख़्तार चाचा को आता हुआ देखता है।

“भाई चचाजान इस वक़्त...कहीं फ़िरोज़ भाई आपके निकाह की ख़बर लेकर तो नहीं आ रहे हैं।”

फ़िरोज़ उस तरफ़ देखता है।

“अतहर स्टूल लाना।”

फ़िरोज़ हाथ पोंछकर उसी कपड़े को झटकारने के बाद उससे स्टूल साफ़ करने लगा।

“सलाम अलाईकुम अब्बू।” फ़िरोज़ के साथ अतहर की आवाज़ एक हो गयी थी।

“मालिकुम अस्लाम बरखुरदारों, खैरियत?”

एक ख़राश भरी और जैसे मीलों का फ़ासला तय कर आई भारी-सी आवाज़ में मुख़्तार चाचा ने कहा। “अल्लाह पाक़ की रहमत है अब्बू।”

मुख़्तार अपने गमछे से चेहरा पोंछ रहे थे।

“इस वक़्त यहाँ...कोई काम था तो मुझे ही बुलवा लिया होता अब्बू।”

मुख़्तार चाचा के हाथ में कार्ड देखते हुए फ़िरोज़ ने कहा। अतहर बिल्लू की गुमटी में चाय बोलने जा चुका था।

"कुछ खास नहीं बेटा, बस ये राशन कार्ड था, आबिदा बहन तक पहुँचाना था।"

कार्ड देखते हुए फ़िरोज़ ने पता पढ़ा।

"आबिदा खान

मुश्ताक अली के मकान में,

मस्ज़िद वाली गली

बुधवारा..."

"...अब्बू पता तो क़रीब का ही है लेकिन मैंने पहले कभी आपसे इनका कोई ज़िक्र नहीं सुना।"

फ़िरोज़ राशन-कार्ड देख रहा था। अतहर अब तक चाय ले आया था।

"पिछले दो साल से रह रही हैं यहाँ। शौहर के इन्तकाल के बाद अपनी तीन बेटियों के साथ बहुत ख़ामोश और मुफ़लिस-वक़्त गुजार रही थी इमामबाड़े में लेकिन दो-चार बार किराया नहीं भर पाने के कारण मकान छोड़ना पड़ा और फिर यूनुस मियाँ ने मुश्ताक़ से कहकर उनका यहाँ बन्दोबस्त कराया है।"

मुख़्तार चाचा ने चाय की एक लम्बी चुस्की ली।

"उन्हीं के लिए ये कार्ड बनवा दिया है। सोचा इसी से ही शायद कुछ मदद हो जाएगी।"

चाय खत्म की और गिलास रखने की जगह ढूंढ़ रहे थे कि फ़िरोज़ ने मुख़्तार चाचा के हाथ से गिलास ले लिया।

"अब्बू मैं दे आता हूँ ये राशन-कार्ड। आप तक़ल्लुफ मत कीजिए।"

"सच अब जिस्म ज़्यादा इज़ाजत नहीं देता मुझे।"

मुख़्तार चाचा जाने के लिए खड़े हुए। फ़िरोज़ ने स्कूटर चालू किया और उन्हें बैठाकर घर की तरफ़ बढ़ने लगा।

जीप का मुँह खुला का खुला रह गया था।

"क्या मुँह खोले देखे जा रही है, हज़ार काम हैं आदमी की ज़िन्दगी में। तुम कोईच लेके बैठे रहेंगे क्या हमेशा।"

अतहर अब जीप से मुख़ातिब था।

13

फ़िरोज़ ने स्कूटर मस्ज़िद के ठीक सामने खड़ा किया और डिक्की से राशन-कार्ड निकालते हुए उस ज़ीने के सामने पहुँचा; जो आबिदा के घर के दरवाज़े पर रुकता था। शाम बूढ़ी हो गयी थी तब तक। जीना बुरी तरह ज़ख्मी था। सिमटा तो था ही; कुछ पायदान उखड़े और टूटे हुए भी थे और फिर रोशनी भी उस हिस्से को मयस्सर नहीं थी। फ़िरोज़ एहतियात के साथ दरवाज़े तक पहुँचा और दस्तक दी। नसरीन ने अपना दुपट्टा लिया और दरवाज़ा खोला। सामने फ़िरोज़ था।

"जी सलाम मालिकुम, आबिदा जी यहीं रहती है?" नसरीन को देखकर फ़िरोज़ ने कहा।

नसरीन कुछ बोलती इतने में आबिदा आ गयी।

"कौन है नसरीन?"

"जी मेरा नाम फ़िरोज़ है। मेरे अब्बू शेख मुख़्तार अहमद ने ये राशन-कार्ड..." बात पूरी किए बिना फ़िरोज़ ने राशन-कार्ड दे दिया।

"अरे मुख़्तार भाई ने भेजा है तुम्हें बेटा।"

राशन-कार्ड ले लेती है।

"बहुत-बहुत शुक्रिया बेटा। आओ अन्दर आओ, चाय पीकर जाना। आओ बेटा आओ...नसरीन! जा बेटा दो प्याले चाय बना ला।"

नसरीन चाय बनाने अन्दर चली गई।

"आप तकल्लुफ़ मत कीजिए, मैं यक़ीनन कभी फिर आऊँगा।"

आबिदा को अपने दुपट्टे से कुर्सी को साफ़ करते देख फ़िरोज़ ने कहा।

उसी वक़्त सहर भी वहाँ आ गई।

"दरअसल मुझे थोड़ा काम है। आप लोग कोई तक़ल्लुफ मत कीजिए। मैं फिर कभी..."

फ़िरोज़ शर्मीली मुस्कराहट के साथ फिर अधूरा ही कह पाया।

नसरीन ने फ़िरोज़ की ना सुनकर चाय की छोटी गंजी वापस रख दी।

"चाय पीकर जाते तो और अच्छा लगता बेटा। खैर मुख़्तार भाई को मेरा सलाम और शुक्रिया ज़रूर कहना और क्या नाम बताया तुमने अपना?"

आबिदा के अहसास में अहसानमन्दी थी।

"जी फ़िरोज़ खान।"

"बहुत शुक्रिया फ़िरोज़ बेटा। अल्लाहताला तुम्हें तरक़्क़ी दे बेटा।"

"जी शुक्रिया, चलता हूँ। ख़ुदा-हाफिज़।"

फ़िरोज़ पलटकर धीरे-धीरे ज़ीना उतरने लगा। दरवाज़े का एक हिस्सा नसरीन ने अब भी खुला रखा था, जिससे जीने में कुछ रोशनी बरकरार रहे। आख़िरी ज़ीने से फ़िरोज़ ने पलटकर देखा, नसरीन अब भी दरवाज़े पर थी। फ़िरोज़ की निगाह एक लम्हे के लिए नसरीन की निगाह से मिली। शायद भीतर से आबिदा की आवाज़ का एक टुकड़ा ज़ीना उतरकर फ़िरोज़ तक भी आ पहुँचा था। फ़िरोज़ ज़ीना उतर चुका था।

"हाँ अम्मी।"

कहते हुए नसरीन ने धीरे से दरवाज़ा बंद कर दिया लेकिन आज नसरीन दरवाज़ा खुला रखना चाहती थी। दो बोलती आँखें नसरीन की आँखों में चिपक गयी थीं।

इतनी ही चुप्पी से आते हैं वो रिश्ते जो जाने कब ज़िन्दगी के मानी से बन जाते हैं। उस एक लम्हे ने नसरीन से नसरीन को ले लिया था।

सहर राशन-कार्ड पढ़कर अपनी अम्मी को उसकी पूरी जानकारी दे रही थी।

आबिदा सहर को सुनकर अपना गणित बैठा रही थी। चूल्हे को देखकर एकदम ख़याल आया कि खाने का वक़्त हो गया है।

“चलो बेटा! आओ खाने का वक़्त हो गया।”

आबिदा उठकर खाने का बन्दोबस्त करने लगी। सहर ने राशन-कार्ड टेबल पर रखा और अम्मी के साथ खाने में हाथ बंटाने लगी।

“अम्मी हमारा दिल नहीं कर रहा। हम रोटी नहीं खाएंगे।”

नसरीन ने अम्मी से खाने के लिए इन्कार किया।

“कुछ खा लिया कर नसरीन। कल जब पेट ही नहीं बचेगा तो बच्चा कहाँ पालेगी?”

आबिदा का इस बात पर दिल दुखता था कि नसरीन जब रोटी होती है, तब भी नहीं खाती।

“अम्मी! ये बच्चा पालने वाली बात कहाँ से आ गयी इसमें? हमने तो पहले ही आपसे कह दिया है कि हमें तो ये निकाह-विक़ाह करना ही नहीं है।’

“निकाह तो होगा ही नस्सो आपा।”

आज सहर अपनी अम्मी की टीम में थी।

नसरीन उदास होकर झाड़ू लेकर दूसरे कमरे में जाने लगी। इतने में शमीन नहाकर गुसलखाने से निकली थी।

क्या हुआ अम्मी? किसके निकाह की बात हो रही है?

शमीन ने जानबूझकर सवाल किया और नसरीन के पास जाकर उसे पीछे से कसकर पकड़ते हुए बोली, “हम अपनी नस्सो आपा को कहीं नहीं जाने देंगे। है न आपा?”

शमीन की निगाह में प्यार था।

“मुझे पता है शमीन; तू मुझे सबसे ज़्यादा प्यार करती है।”

नसरीन ने शमीन को मुस्कुराते हुए गले लगा लिया।

घर में शमीन की तरफ़दारी हमेशा उसकी तरफ़ से ही होती थी जो उस समय बाक़ी तीनों में अकेला होता था।

आबिदा ने सहर को बताया कि मुख़्तार भाई ने नसरीन के लिए एक

लड़के का ज़िक्र किया था और शायद लड़के का नाम फ़िरोज़ बताया था।

"ये जो राशन-कार्ड देने आया था, इसका नाम भी तो फ़िरोज़ ही था न?"

"हाँ अम्मी फ़िरोज़ ही था।"

सहर और आबिदा दोनों की आँखें एक साथ एक ख़्वाब देख रही थीं। हाथ फैलाए और आँखों को बंद कर आबिदा अपने ख़ुदा से उसी ख़्वाब की ताबीर मांग रही थी और सहर अपनी अम्मी की दुआओं के लिए दुआ करने लगी।

14

विमला पाँचों बच्चों का बहुत ख़याल रखती थी।

पाँचों बच्चों में साहिल सबसे पहला बच्चा था और उम्र में भी सबसे बड़ा; नौ साल का। वह रेल्वे-स्टेशन पर मिला था, जब उसकी केवल तीन माह की उम्र थी। ऐसा उसे पता चल गया था। अब तो बहुत समझदार हो गया था। ख़ुद उठकर तैयार होता और स्कूल जाता। विमला को साहिल के लिए बिल्कुल भी परेशान नहीं होना पड़ता था बल्कि कई बार तो साहिल बच्चों को सम्भाल भी लेता था जब विमला खाना बनाती थी उनके लिए।

साहिल विमला को 'विमला माँ' बुलाता था।

आठ बज गए थे लेकिन साहिल आज सोकर नहीं उठा था। स्कूल साढ़े आठ बजे लगता था और साहिल साढ़े सात बजे तक रोज उठ ही जाता था। विमला रोज़ की ही तरह दूध का गिलास तैयार रख साहिल का इन्तज़ार कर रही थी। जब घड़ी पाँच मिनट और चल चुकी तो विमला ने जाकर देखा कि साहिल अब तक सो रहा है।

विमला जब उठाने के लिए साहिल के बिस्तर के पास पहुँची तो देखती है कि साहिल अपने बिस्तर पर बैठे एक बड़े से कागज़ पर रेलवे स्टेशन का चित्र बना रहा था। विमला माँ को आता देखकर साहिल ने उन्हें चुप रहने का इशारा करते हुए कहा, "मैं आज स्कूल नहीं जाऊंगा विमला माँ।"

"कोई बात नहीं बेटा लेकिन तुम तो कभी स्कूल जाने से मना नहीं करते। आज क्यों?"

विमला ने साहिल को दुलारते हुए कहा।

“विमला माँ! आज हमारी क्लास के बच्चों को रेलवे स्टेशन दिखाने ले जा रहे हैं मास्टरजी और...साहिल बहुत गौर से विमला की तरफ़ देख रहा था।

“और मुझे रेलवे स्टेशन से बहुत डर लगता है विमला माँ!”

विमला ने फ़ौरन साहिल को गले लगा लिया और उसकी आँखों से आँसू बहने लगे।

“जैसे मुझे दादू या फ़िरोज़ भैया या आप मिल गयीं; वैसे हर किसी को थोड़ी कोई मिलता होगा न विमला माँ?”

साहिल के सवाल में दहशत थी।

लेकिन उससे ज़्यादा विमला इससे डर गयी थी। वो भीतर तक कांप गयी थी और साहिल के सवाल का कोई जवाब नहीं दे पाई।

“मेरे मम्मी-पापा मुझे कभी मिलेंगे तो उनसे पूछूँगा विमला माँ कि मैं उन्हें क्यों अच्छा नहीं लगता था।”

साहिल का मासूम लहज़ा और नम हो गया था।

विमला की छाती से हूक निकली थी और उसकी ज़ुबान ख़ामोश थी। उसने साहिल को अपनी छाती से चिपका लिया था, ऐसे जैसे उसे अपनी धड़कन सुना देना चाहती थी।

वो साहिल को आख़िर कैसे बताती कि उसकी माँ किस क़दर बदनसीब थी कि उसने अपने आपसे, अपनों से लड़कर ख़ुद को उस इन्सान को सौंप दिया था जिसने उसे फिर किसी रिश्ते के लायक नहीं छोड़ा।

साहिल विमला का बच्चा था। सिर्फ़ विमला का बच्चा, उसके बाप का नहीं।

15

मुख़्तार चाचा कुर्सी पर अख़बार लिए बैठे थे। अख़बार तो सुबह ही पढ़ लेते थे; अभी दस बजे तो फ़िरोज़ के रास्ते में बैठे थे, बस। जानते थे फ़िरोज़ गैराज जाने से पहले पाँच मिनिट यहाँ बैठकर अख़बार पढ़ेगा।

फ़िरोज़ आया और दुआ-सलाम के बाद वहीं बैठ गया।

"फ़िरोज़ मियाँ राशन-कार्ड दे आए होंगे आबिदा बहन के यहाँ न?"

"हाँ बिल्कुल अब्बू, शाम को ही दे आया था।"

फ़िरोज़ अब भी अख़बार पढ़ रहा था।

"बहुत ख़ानदानी हैं लेकिन वक़्त की मारी हैं बेचारी।"

मुख़्तार चाचा फ़िरोज़ को देख रहे थे।

"तीन बेटियाँ हैं परी जैसी लेकिन..."

मुख़्तार चाचा अधूरा ही बोले।

"लेकिन क्या अब्बू?"

"लेकिन निकाह कर सकने का ज़िक्र भी डराता है उसे।"

"क्यों?"

फ़िरोज़ ने अख़बार अपनी जांघों पर रख दिया और मुख़्तार चाचा को देख रहा था।

"कौन करेगा निकाह?...और कैसे करेगी आबिदा निकाह का बन्दोबस्त?" "आजकल वक़्त बदल गया है अब्बू। नौजवानों के ज़हन से अब दहेज जैसे मर्ज़ जा रहे हैं... मुझे नहीं लगता कि किसी को कोई एतराज़ होना

चाहिए और फिर उनकी बेटी... (शरमाते हुए हिचककर) ख़ूबसूरत भी है।"

मुख़्तार चाचा फ़िरोज़ को एकटक देख रहे थे और फ़िरोज़ शरमा रहा था।

"तो तुम ही क्यों नहीं कर लेते नसरीन से निकाह?"

"मैं...अब्बू, आप..."

फ़िरोज़ का चेहरा शर्म से लाल हो रहा था और उसकी अनकही इज़ाजत मुख़्तार चाचा को मिल चुकी थी।

"तो आज ही आबिदा बहन से मिलकर निकाह की बात तय करता हूँ और बेटा निकाह के सारे इन्तेज़ामात दोनों तरफ़ से हमें ही करने होंगे।"

"आप उसकी फ़िक्र न कीजिए अब्बू।"

फ़िरोज़ की नज़र नीचे थी पर उसने ज़िम्मेदार लहज़े में कहा।

इस कमरे से लगे दूसरे कमरे की दहलीज़ में खड़ी विमला ख़ुश थी और एक प्लेट में मिठाइयाँ लोकर फ़िरोज़ और मुख़्तार चाचा को देती हुई कहने लगी, "अबकी ईद तो बस फ़िरोज़ भाई के लिए ही चाँद लेकर आई है चचाजान।"

घर में जैसे कोई जश्न महकने लगा था।

16

निकाह ईद के रोज़ तय हुआ था। जैसे गुज़रे पच्चीस सालों में पहली बार ईद का अहसास था आबिदा के पूरे परिवार को और उनसे भी ज़्यादा ख़ुश थे यूनुस मियाँ और राशिदा।

सारी की सारी तैयारियां अतहर के सिर थीं। वो अपने परिवार को भूल ही गया था और आबिदा के परिवार का हिस्सा बन गया था। मुख़्तार चाचा और आबिदा, दोनों का सिपहसालार बन चुका था अतहर।

सहर और शमीन के साथ बाज़ार की सारी ख़रीददारी ख़ुद फ़िरोज़ ने की थी। पिछले तीन दिन लगातार सहर और शमीन ने फ़िरोज़ के साथ निकाह के लिए ज़रूरी सारी चीज़ें ख़रीदी थीं जिससे दोनों फ़िरोज़ से बहुत घुल-मिल गए थे। दोनों की ज़बान फ़िरोज़ भाई कहते थकती नहीं थी। सहर को फ़िरोज़ बिल्कुल बच्चे की मानिन्द प्यार करने लगा था।

आबिदा अपनी बेटी के दुल्हन के जोड़े को हाथों में लिए निहार रही थी।

मुद्दतों के बाद आँसुओं की वजह ख़ुशी थी और अश्क़ जैसे अर्ज़ी लगा रहे थे, दुआएं कर रहे थे कि ये पुरनूर वक़्त इसी शिद्दत से मुसलसल चलता रहे।

आबिदा को तो अब तक तमाम ख़्वाब ही लग रहा था। मुक़द्दर की इस मेहरबानी पर यक़ीन करना बहुत मुश्क़िल था उसके लिए।

यूनुस मियाँ और राशिदा तो इस जुनून में काम कर रहे थे जैसे अपनी बच्ची का ही निकाह कर रहे हों। सुबह से इन्तज़ामात के सिलसिले में घर से निकले यूनुस मियाँ को लौटे अभी बमुश्किल से पाँच मिनट भी नहीं हुआ

होगा कि दोबारा किसी काम से बाहर जाने लगे।

'यूनुस भाई आप थोड़ा आराम भी कर लीजिए। अभी दो रोज़ बाक़ी हैं, सब हो जाएगा।'

यूनुस भाई के लिए ये आबिदा का गुज़ारिशी लहज़ा था।

"मेरी बच्ची का निकाह हो जाए, तब तो आराम ही है न आबिदा बहन?"

यूनुस भाई के हर एक लफ़्ज़ ने आबिदा को अपना क़र्ज़दार बना लिया था।

आबिदा ला-जवाब हो गयी। अब तक यूनुस मियाँ आधा ज़ीना उतर चुके थे।

17

आज की ईद का लम्हा-लम्हा सिवैयां था।

पूरे मुहल्ले में बड़ा-सा पंडाल लगा हुआ था। लोगों की आमद बड़ी गिनती में हो रही थी। आबिदा और राशिदा; दोनों के घर निकाह के ज़रूरी सामानों से भरे पड़े थे।

आज नसरीन और फ़िरोज़ का निकाह था।

शमीन और सहर अपनी आपा को दुल्हन बना रही थीं।

“हाय अल्लाह...आपा आपके हाथों की मेंहदी कितनी सुर्ख और गाढ़ी है। कहीं नज़र न लगे मेरी आपा को।”

कहते हुए शमीन ने अपनी आँखों के काजल से नसरीन के माथे पर टीका लगा दिया।

“सच फ़िरोज़ भाई बहुत अच्छे हैं नस्सो आपा।”

सहर नसरीन का शृंगार कर रही थी। नसरीन ख़ुश तो थी लेकिन पिछले एक हफ़्ते में कई बार इसलिए रो चुकी थी कि वो जल्दी ही अपनों से रुख़सत हो जाएगी। नसरीन की आँखें फिर छलक उठीं।

“जानती हैं नस्सो आपा जब शमीन ने कल बाज़ार से लौटते वक़्त फ़िरोज़ भाई से कहा कि आप हमारी आपा को हमसे पराया कर देंगे तो फ़िरोज़ भाई ने क्या कहा?”

नसरीन सहर का जवाब सुनने के लिए बेक़रार हो रही थी।

“फ़िरोज़ भाई ने कहा...”

सहर रुक गयी।

"बोल न सहर...क्या कहा?" सहर मुस्कराने लगी।

"सब्र रखिए आपा, बताते हैं, बताते हैं।"

"तो क्या हम बेसब्र हुए जा रहे हैं सहर?"

नाराज़ होकर नसरीन सहज होने की नाकाम कोशिश कर रही थी।

"अब हमें तुमसे पूछना ही नहीं है।"

"ठीक है आपको सहर से नहीं जानना है तो मैं बता देती हूँ आपको कि फ़िरोज़ भाई ने क्या कहा।"

माहौल को और दिलचस्प बनाते हुए शमीन बोली।

"फ़िरोज़ भाई ने कहा कि मैं आपकी आपा को पराया नहीं कर रहा हूँ, बल्कि आप सबको अपना बना रहा हूँ।"

शमीन की बात नसरीन की रूह तक गयी और उसकी चमक निगाहों तक उतर आई।

शमीन और सहर ने नसरीन को अपनी दिल की हसरतों से सजाया था। वो बहुत ख़ूबसूरत लग रही थी। नसरीन को देखने आबिदा जैसे ही उस कमरे में आई, उसकी ख़ुशी का ठिकाना न रहा। आबिदा ने नसरीन का माथा चूमकर उसे बहुत दुआएं दीं।

"अल्लाहताला ज़माने भर की नैमतें तेरे हिस्से कर दे मेरी बच्ची।"

शमीन और सहर दोनों के लिए ये लम्हे बयान करने वाले नहीं थे। वो चुपचाप इन्हें महसूस कर रहे थे।

निकाह का वक़्त क़रीब था।

तेज़ आवाज़ों के शोर के बावज़ूद शमीन और सहर को इस बात का अन्दाज़ा हो गया था कि बारात घर के सामने पहुँच चुकी है।

फ़िरोज़ की अज़ीजी और मशहूरियत किस क़दर थी; आम और खास लोगों के दरम्यान; इसका अन्दाज़ा बारात की शान को देखकर लगाया जा सकता था। मुख़्तार चाचा और अतहर एक बड़ा-सा गुलाबी रंग का साफ़ा बांधे पूरी बारात में अलग ही दिख रहे थे।

अतहर तो दीवानों की तरह नाच रहा था। एक बार तो जनाब के नागिन डांस को देखकर ऐसा गुमान हो रहा कि अतहर मियाँ कहीं नागिन-योनि में तो नहीं चले गए हैं।

हर बारात का किस्सा ही ऐसा होता है कि जितना नाचना-गाना रास्ते में नहीं होता, उससे दस-बीस गुना लड़की वालों के मंडप के सामने होता है और लोग बेहोशी की हद तक नाचते हैं। और फिर बेगानी शादी में कई अब्दुल्ला भी बन जाते हैं। आप ये भी कह सकते हैं कि बारात के आख़िरी स्थान पर पहुँचते-पहुँचते ही कई लोगों का प्रेशर बन आता है कि यार साला एक बार होई आऊं। आख़िरी वक़्त में राउंड मारने वालों की वज़ह से ही दूल्हे का दिमाग़ ख़राब होता है। उस समय शायद वो यही सोचता होगा, "कर ले साले तू...आज जो कर सकता है, कर ले।"

दूल्हे का दर्द ये होता है कि वो जल्दी जाना चाहता है और उसकी बेबसी होती है कि वो चेहरे से ये बयान करे, 'बस यार तुम नाचने वाले लोग ही मेरे लिए दिल से ख़ुश हो और मैं तो बहुत ही ख़ुश हूँ।'

ऐसे वक़्त में दूल्हे का बहुत क़रीबी कोई बुज़ुर्ग नौज़वानों के मिथुन-अवतार को शान्त करे, तब ही बात और बारात दोनों अन्ज़ाम तक पहुँचती हैं।

आख़िर में मुख़्तार चाचा को ही ये काम करना था।

अब बारातियों के खैरमकदम के साथ निकाह की रस्म का इन्तज़ार था।

यूनुस भाई, राशिदा, आबिदा, मुख़्तार चाचा, अतहर, विमला, साहिल सब बहुत ख़ुश थे।

सहरा न पहनने के बावजूद फ़िरोज़ की सादगी साफ़ नज़र आ रही थी। अतहर फ़िरोज़ के बिल्कुल बाजू में बैठा था।

हरे जोड़े में नसरीन शमीन और सहर के बीच बैठी थी और आबिदा और राशिदा भी वहीं थे।

फ़िरोज़ और नसरीन का निकाह पढ़ा गया। मुबारक़ों और दुआओं की बारिश हो रही थी। आबिदा अपनी बच्ची को देखती और दुआएं देती जाती। बेहतरीन इन्तज़ामात के साथ निकाह हुआ।

सब बढ़िया चल ही रहा था कि शमीन को उसकी तबीयत अचानक ख़राब लगने लगी। सबकी नज़रों से छुपकर शमीन भागते हुए ऊपर घर तक जैसे ही पहुँची, उसे फिर खून की उल्टी हुई। इस बार खून पहले से ज़्यादा था। शमीन ने कुछ भी सोचे बिना जल्दी से जगह को पानी से साफ़ किया और वापस नसरीन के पास आ गयी।

18

जब कोई दरिया मीलों सहरा का सफ़र करते हुए, पहाड़ों से लड़ता हुआ और सख़्त चट्टानों से बेपरवाह अपने जिस्म को छलनी करता हुआ समुंदर से मिलता है तो बस उसका हो जाना चाहता है। उसी लम्हे में उसका हो जाना चाहता है।

और फिर दरिया समुंदर से मिलकर जैसे उसे बताना भी चाहता है कि उसके बगैर वो कितनी मुश्किल घड़ियाँ गुज़ार कर, कितने जख़्म सहकर अब तक जिया है और कैसे पहुँचा है उस तक।

उसकी लहरें समुंदर की लहरों में खो जाना चाहती हैं। इतनी ज़्यादा कि दोबारा उसका कोई सफ़र और सफ़र का कोई भी लम्हा उसके बगैर न हो। वो बे-इन्तिहा बेताब होकर अपनी ख़ुदी का अहसास मिटाकर समुंदर के पहलू में समा जाना चाहती हैं।

और फिर समुंदर भी आसमान की तरह ही बाहों को फैलाकर अपने दरिया को पूरी दुनिया से छुपाकर अपने पहलू में इतनी बेताबी से रखता है, जैसे मुद्दतों से उसी का मुन्तज़िर था और फिर टूटकर इश्क़ करता है, सारी क़ायनात के सामने और बिल्कुल लाज़िम इश्क़।

फ़िरोज़ के पहलू में उसका चाँद था और नसरीन के क़रीब उसकी जीस्त का ऐतबार। वक़्त भी कुछ इस किस्म से चुप था, जैसे उसे इन लम्हों में चुप रहने की तालीम दी गयी थी।

दो शख्स एक-दूसरे की निगाह से एक-दूसरे को देख रहे थे। एक-दूसरे की साँसों से एक-दूसरे में जी रहे थे। फिर धीरे-धीरे दो होने के मानी गुम गए थे और उसके बाद वहाँ इकलौते इश्क़ के सिवाय कुछ भी न था।

जिसे चार निगाहों ने देखा था कभी, आज की रात उस एक ख़्वाब की तामीर लेकर आई थी।

19

फ़िरोज़ अब ख़ुद को क़ीमती लगने लगा था और नसरीन अब ज़िन्दगी जीने लगी थी।

मुख़्तार चाचा को नसरीन भी अब्बू कहकर बुलाती थी। नसरीन विमला को दीदी कहती और सारे बच्चे नसरीन को दीदी कहते। अतहर भाई नसरीन को भाभीजान कहते। कभी-कभी तो फ़िरोज़ अतहर से कहता, "मेरे निकाह के बाद अतहर मियाँ आप तो हमसे ऐसे बात करते हैं; जैसे कभी कोई राब्ता ही नहीं रहा हो?"

और अतहर भी कह देता, "सच फ़िरोज़ भाई, मुझे भी ऐसा ही लगने लगा है।"

घर अब सही मायनों में घर लगने लगा था। सारा अधूरापन नसरीन की आमद से भर गया था।

दरअसल एक औरत ही किसी मकान को घर बनाती है। उसके आने के बाद सारी चीज़ों के मायने बदल जाते हैं। दीवारें वही रहती हैं, दरवाज़े वही रहते हैं, दहलीज़ वही रहती हैं, खिड़कियां और उनके परदे तक वही रहते हैं लेकिन उनके अहसास पहले जैसे नहीं रहते। ज़िन्दगी हर सिम्त से आती हुई महसूस होने लगती है और कहीं किसी के लिए अपने सबसे अहम होने का अहसास अपने आपको कुछ ज़्यादा ज़िम्मेदार-सा बनाने लगता है। जिन रिश्तों को हम अब सुनते आ रहे थे; जैसे उन्हें जीने लग जाते हैं। अब तक महज लगने वाले रस्म-ओ-रिवाज़ ज़िन्दगी का हिस्सा हो जाते हैं। जैसे बेतरतीबियत गुम हो जाती है और आदतें ख़ुद को तरतीब पसन्द बनाने लगती हैं।

नसरीन जब से फ़िरोज़ की शरीक़-ए-हयात बनी थी, उसने फ़िरोज़ की शख़्सियत के मायने और बेहतर कर दिए थे।

20

रात धीरे-धीरे गहराते हुए दूसरे पहर में थी। आबिदा और शमीन बहुत पहले सो चुके थे। सहर कुर्सी में अपने दोनों पाँव को मोड़कर एक मोटे से रजिस्टर को गोद में रखे हुए अमन को ख़त लिख रही थी। सबसे बचकर और सबसे छुपकर।

इश्क़ में रतजगे कर ख़त लिखना पूरी क़ायनात का बहुत ख़ुशनुमा अहसास होता है। उस वक़्त ख़त सिर्फ़ एक ख़त नहीं रह जाता बल्कि अपने दिल का और अपनी रूह का आईना बन जाता है। ये बयान करना आसान नहीं है कि उस वक़्त ख़त लिखने वाला कितनी गहरी तस्वीरें हर एक लफ़्ज़ के साथ बनाता चलता है। ये तस्वीरें ख़त में दिखती भी हैं और बोलती भी हैं और इश्क़ करने वाले ही इस रूहानियत से रू-ब-रू होते हैं। तहों में तैरने वाले लोग कभी भी मुहब्बत की आवाज़ को सुन नहीं पाते और जो डूब जाते हैं, उनके लिए हर एक लफ़्ज़ शायरी होता है और हर उस लफ़्ज़ की सूफ़ियाना दुनिया में वो इश्क़ के आगोश में होते हैं। यहाँ वस्ल और हिज्र; दोनों का एक ही मानी होता है इश्क़।

सहर अमन को ख़त लिख रही थी।

इश्क़।

बहुत वक़्त से क़लम उंगलियों में थी और मैं सोच रही थी कि तुम्हें किस नाम से आवाज़ देकर बुलाऊं? अब आख़िर में तुम्हें मैं 'इश्क़' कहना चाहती हूँ। तुम इश्क़ ही तो हो जो दिन-ब-दिन गाढ़े हो रहे हो और इतने गाढ़े हो गए हो कि मेरी रूह को ढँक लिया है तुमने। अब अगर देखती हूँ तो मुझमें मुझसे ज़्यादा तुम नज़र आते हो।

फ़क़ीर, अदीब सब कहते हैं कि इश्क़ किया है तो हर शक्ल और हर तारीख़ में वापस हम तक आता है। अगर एक ज़िन्दगी में इश्क़ हासिल न हो सके तो लौटकर आता है और ख़ुद को मुकम्मल करता है। ऐसे नाहासिल लोगों को विरसे में मिलता है इश्क़ और ऐसे इश्क़ को सदियाँ कहती हैं क्योंकि सदियों की कोख़ में ही वो पनपता है।

आज मैं तुमसे कह सकती हूँ कि मैं सदियों का इन्तज़ार नहीं कर सकूँगी और न मेरी रूह ही मुझे इस सब्र को कहती है। आज जब तुम दूर हो तो ज़्यादा क़रीब हो और मैं बेहतर तरह से समझ पा रही हूँ कि तुम ही मेरे हर सुकूँन का सबब हो और आज मैं ये बात पूरे एहतराम और यक़ीन से कह-लिख सकती हूँ कि मेरे लिए मेरा इश्क़, मेरी जीस्त और मेरे तमाम मानी तुम हो।

आज मैं यह भी ज़ाहिर कर देना चाहती हूँ कि मैंने तुम्हें उस हद तक चाहा है कि ख़ुद को अल्लाह पाक़ का गुनहगार तक कर लिया है। उनकी बेनियाज़ी का यक़ीन मुझे क़ाफिर बना रहा है लेकिन तुम्हारा इश्क़ है कि जो मेरे भीतर से हिलता नहीं।

नसरीन आपा का निकाह हो गया। फ़िरोज़ भाई बहुत ज़हीन और फरिश्ता-रूह इन्सान हैं। मुन्तज़िर तुम हो या मैं या कि दोनों, पर ये रूह है कि रूह दहलीज़ पर बैठी तुम्हारा इन्तज़ार कर रही है।

तुम्हारे क़रीब की ज़मीन और आसमान और हवाओं की क़र्ज़दार हूँ।

उन्हें सलाम।

सहर।

शब के क़दम सहर के क़रीब थे, मानो किसी भी लम्हे में सुबह के दालान में दौड़ जायेंगे।

21

'अरे बेगम साहिबा ज़रा जल्दी कीजिए, आठ बज गए हैं।" फ़िरोज़ ने कलाई में घड़ी बांधते हुए कहा।

"हाँ बस आई। आप जब तक दरवाज़े तक पहुँच जाईए, मैं बस..." अन्दर के कमरे से नसरीन की आवाज़ आई।

"अरे आपको सँवरने की क्या ज़रूरत है बेगम... कहीं किसी को हमारा रक़ीब बनाने का इरादा तो नहीं है?"

फ़िरोज़ अब उसी कमरे था।

"अरे अब्बू, आ जायेंगे..." दरवाज़े से बाहर का जायजा लेते हुए नसरीन बोली।

"आप आजकल बहुत शरारती हो गए हैं, लगता है आपकी शिक़ायत करनी पड़ेगी अब्बू से, इससे पहले कि और शैतान हो जाएं।"

फ़िरोज़ शरारती नज़रों से नसरीन को मुस्कराते हुए देखे जा रहा था। नसरीन ने बुरक़ा ले लिया था।

"चलिए अब देरी नहीं हो रही है आपको?"

नसरीन की आँखों में सुरूर था और फ़िरोज़ की निगाह में मस्ती।

"चलिए।"

नसरीन के साथ फ़िरोज़ बे-इरादा क़दमों से बाहर निकला।

आज फ़िरोज़ के निकाह की ख़ुशी में अतहर ने क़व्वाली का एक ख़ास प्रोग्राम रखा था और बाक़ी दोस्तों ने उसे और भी कमाल बनाने के लिए

पूरे मुहल्ले को रोशनी से सज़ा दिया था। बैठक का भी बढ़िया बन्दोबस्त किया गया था।

शमीन और सहर भी कुछ देर पहले वहाँ पहुँच चुकी थीं। ख़ुद अतहर उन्हें दावत देने गया था। नसरीन और फ़िरोज़ आज की शाम के मेहमान थे।

मस्ज़िद के पीछे के मैदान में एक बड़ा-सा स्टेज़ बनाया गया था और रात के बढ़ते शबाब के साथ मौसिकी जवान होने लगी।

कुछ ही देर में क़व्वाली ने ऐसा समां बाँध दिया कि सब अपने-अपने चाहने वालों के ख़यालों में खो गए। सूफ़ियाना इश्क़ का सुरूर ऐसा हुआ कि सब सज़दे में थे।

नसरीन और फ़िरोज़ चोर-नज़र से एक-दूसरे को बहुत परहेज के साथ क़व्वाली के दरम्यान ऐसे देख रहे थे जैसे वो उसी क़व्वाली की दुनिया के क़िरदार हों।

सहर अमन के अहसास में चूर थी और उसका केवल जिस्म ही मौज़ूद था वहाँ।

शमीन बे-ख़्वाब निगाह से प्रोग्राम का लुत्फ ले रही थी।

22

दिसम्बर की साँवली सुबह और उस पर कोहरे का दुपट्टा।

बहुत कमसिन और शायराना सुबह ने सर्दी में कँपकपाते हुए अपने जिस्म से कुछ वक़्त के बाद कोहरे के सफ़ेद दुपट्टे को हटा दिया था। मानो अब सर्दी के मुक़ाबिल उसका जिस्म था। मौसम की सर्द नमी से उसका लिबास भीग रहा था और उसका शबाब साफ़ नज़र आ रहा था।

कहीं भीगे लिबास में सुबह के शबाब को सूरज न देख ले, शायद इसीलिए बादलों ने आसमान के सारे खिड़की-दरवाज़े बंद कर दिए थे; लेकिन इश्क़ करने वालों को कौन और कितना रोक सकता है, सूरज कहीं-न-कहीं से वक़्त-बेवक़्त झांककर सुबह को देख ही रहा था।

सड़कों पर ज़्यादा भीड़ नहीं थी। इक्का-दुक्का लोग ही नज़र आ रहे थे जो अपने को गर्म लिबासों में ढँके हुए थे।

तांगे में बैठी सहर ओस में भीगे हुए गुलाब से ज़्यादा ख़ूबसूरत लग रही थी। वो अपने साथ अहसासों का इक समुंदर लिए थी जिसे कागज़ पर उतारकर अमन को भेजने जा रही थी।

घर से डाकख़ाने तक का फ़ासला दो मील का था। तांगा अब डाकख़ाने के पास की सड़क तक पहुँच चुका था। सहर ने तांगे वाले को पैसे दिए। तांगा सड़क तक ही छोड़ता था और वहाँ से डाकख़ाने के लिए कुछ सौ मीटर और चलना होता था। सहर अब डाकख़ाने पहुँच चुकी थी।

उसने एक बार फिर ख़त को देखा और उसे डिब्बे में डाल दिया।

ख़ुद को ख़त में रखकर सहर डाकख़ाने से लौट रही थी।

23

"लगता है आज लौंडा फिर से जवानी के ख़्वाब में है वसीम भाई।" अहमद मियाँ को नई शेरवानी में देखते हुए कल्लू बोला।

"लगता है आज मुमताज़ महल के हसीन क़दम शाहजहाँ के क़िले में पड़ने वाले हैं कल्लू।"

कल्लू और वसीम दोनों अहमद मियाँ को ताड़ रहे थे।

"आज की फ़िल्म का बन्दोबस्त तो हो ही गया वसीम भाई। एक बार मल्लिका-ए-हिन्दुस्तान आकर गयीं, उसके बाद एक मिनिट में ये लौंडा बादशाह बन जाएगा।"

"और हम बादशाह सलामत की आधा घंटे तक बरसने वाली रहमतों में नहाएंगे।"

कल्लू की बात पूरी करते हुए वसीम ने कहा।

"हज़ार बार कहा है कि अहमद भाई अपने पायजामे का नाड़ा अन्दर कर लिया करो लेकिन वो तो आप हमेशा भूल जाते हैं, पता नहीं निकाह हो गया तो क्या करेगा।"

वसीम की नज़र अब भी अहमद मिया के लटकते नाड़े पर थी।

अहमद मियाँ की निगाहों में आशिक़ी सवार थी और उनका नाड़ा जैसे उनकी मुहब्बत भरी निगाह से आज महरूम रह गया था। बेचारा लावारिस-सा लटक रहा था।

दुकान में आज भी इत्र की बारिश कर रखी थी अहमद मियाँ ने।

इतने में शमीन को आता देखकर अहमद मियाँ अपनी ज़ुल्फ़ों के ऊपर

टोपी सुधारते हुए ख़ुद को मशरूफ़ दिखाने की कोशिश करने लगे, मानो शमीन को देखा ही न हो।

"सलाम अलाइकुम अहमद मियाँ।"

शमीन की आवाज़ से अहमद मियाँ का पूरा बदन गुदगुदा गया। फ़ौरन पलटकर बोले, "वालिक़ुम सलाम शमीन बानो, सब खैरियत?"

"हाँ, अब तक तो है।" अहमद मियाँ को तीन ब्लाउज़ देते हुए शमीन ने नश्तरनुमा अन्दाज़ में कहा।

"मैं अन्दर से और कपड़े ला देता हूँ और फिर इनके पैसे भी लेते जाना शमीन बानो।"

"नहीं अहमद मियाँ, अब अम्मी ब्लाउज़ नहीं सिल सकेंगी। अब उनसे ज़्यादा काम नहीं होता और फिर आँखों की वज़ह से सिलाई में बहुत दिक़्क़त होती है, इसीलिए अम्मी ने कहा है कि मैं आपको शुक्रिया कहते हुए और कपड़े न लूं।" अन्दर जाते अहमद को शमीन ने रोककर कहा।

अहमद के दिल-दिमाग़ को बस एक बात समझ आई थी कि अबसे शमीन बानो उसकी दुकान में नहीं आएगी।

जैसे सिपाही मुहब्बत की जंग हार गया था और लाचार था।

"शमीन बानो आप..."

अहमद मियाँ के लहज़े में इल्तिज़ा थी। शमीन ने उसकी ओर देखा। शमीन को पैसे देते हुए अहमद ने कहा, "आप सिलाई करना सीख लीजिए। तब तक कोई बिगड़े भी तो..."

"नहीं अहमद मियाँ मैं तो नौसिखिया हूँ। नहीं कर सकूँगी। माफ़ कीजिएगा। अच्छा इज़ाजत दीजिए।"

इससे पहले कि चाय की पेशकश हो, शमीन भागना चाहती थी। अब शमीन जा रही थी और अब जा भी चुकी थी।

हारे हुए सिपाही का आख़िरी सलाम बाक़ी रह गया।

अहमद मियाँ जैसे कोमा में थे। चुपचाप दुकान में सिर लटकाए बैठे हुए थे। इतने में वसीम और कल्लू ने आते ही अपना पिछवाड़ा दुकान के

सामने रखी बेंच पर जमा लिया और अपने किरदार में आ गए।

"क्या बात है अहमद मियाँ...आज तो आप बहुत ख़ुश लग रहे हो?"

"अहमद मियाँ के तो जलवे हैं भाई।" कल्लू ने वसीम की बात बढ़ाई।

अहमद मियाँ आज भी बादशाह बनकर ही अपनी दुकान से बाहर आए। कल्लू और वसीम बेंच से उठकर जैसे जहाँपनाह के मर्तबे में खड़े हो गए थे। आज कल्लू मियाँ किसी सनकी बादशाह की तरह दुकान के बाजू में रखी बांस की पंची उठाकर कल्लू और वसीम के पिछवाड़े पर भोपाल-चालीसा लिखने लगे। जिस्म को टिकाने के लिए सबसे अहम माने जाने वाले हिस्से को दोनों हाथों से छिपाकर कल्लू और वसीम ऐसे तेज़ भाग रहे थे जैसे किसी ने लाख कोशिश करने के बाद भी अच्छे से नहीं देखी जा सकने वाली जगह पर ब्लास्ट कर दिया हो।

बहुत दूर जाकर कल्लू और वसीम अब एक से सवाल के साथ रुक गए थे।

"वसीम भाई पीछे कोई फीलिंगिच नई हो रई यार।"

कल्लू ने बहुत साहस के साथ बोला। अब दोनों न महसूस होने वाले हिस्से को लेकर व्यस्त थे।

आज अहमद मियाँ कुछ जवान हो गए थे।

फिर इश्क़ है, अच्छे-अच्छों को लाइन पे ले आता है।

24

फ़िरोज़ इन दिनों बहुत ख़ुश था और नसरीन का ख़ूब ख़याल रखता था। नसरीन उम्मीद से थी, इसीलिए सहर भी नसरीन की देखभाल के लिए नसरीन के पास आ गयी थी। जब से डॉक्टर ने बताया था कि नसरीन कुछ कमज़ोर है; फ़िरोज़ छोटी-से-छोटी बात को भी ख़ुद ही देखता था।

सब लोग ख़ुश थे। आबिदा इन दिनों तो जैसे सज़दे में ही रहती थी।

फ़िरोज़ सहर को अपनी बच्ची सरीखा समझता था। सहर के लिए भी फ़िरोज़ भाई की वही जगह थी जो किसी अपने बड़े की होती है।

आज चार तारीख़ थी और सात तारीख़ का सबके सब इन्तज़ार कर रहे थे। फ़िरोज़ बहुत ख़ुश था और ज़िन्दगी के इस अहसास के लिए बेसब्र था।

छह तारीख़ की शाम अचानक नसरीन की तबीयत बिगड़ गयी। फ़िरोज़ उसे फ़ौरन अस्पताल ले गया। मुख़्तार चाचा और सहर भी साथ थे। डॉक्टर के साथ अतहर वहीं इनका इन्तज़ार कर रहा था। डॉक्टर ने जैसे ही नसरीन को देखा, उसी समय नर्स को ऑपरेशन रूम में ले जाने को कहा।

'डॉक्टर साहब सब ठीक तो है न?'

फ़िरोज़ की आवाज़ में डर था।

"माँ की हालत बहुत कमज़ोर है। अभी ऑपरेशन करना होगा और..." "और क्या, डॉक्टर साहब बोलिए?"

फ़िरोज़ बहुत बेसब्री से डॉक्टर को देख रहा था। सहर भी सहमी हुई थी।

"माँ की जान को खतरा है। मैं अपनी पूरी कोशिश करता हूँ बाक़ी..."

डॉक्टर अपनी बात अधूरी छोड़कर ऑपरेशन रूम की तरफ़ चल पड़ा।

सहर अस्पताल की दीवार से टिककर बैठ गयी। फ़िरोज़ वहीं खड़ा रहा। मुख़्तार चाचा कुर्सी पर बैठ गए थे और अतहर कुछ सोचने-समझने की स्थिति में नहीं था।

फ़िरोज़ बहुत परेशान था और लगातार ऑपरेशन रूम की ओर देख रहा था।

कुछ देर बाद एक किलकारी ने सन्नाटे को चीरा और सबके चेहरे को ज़िन्दा कर गयी। अब सभी की आँखें कुछ बड़ी होकर उस ऑपरेशन रूम की तरफ़ देखने लगीं लेकिन अब भी सबके चेहरों पर एक ख़ौफ़ बाक़ी थी।

डॉक्टर ऑपरेशन रूम से बाहर आए और फ़िरोज़ के कन्धों पर हाथ रखते हुए कहा, "आज से इन बच्चों के अम्मी और अब्बू, दोनों आप ही हैं फ़िरोज़ भाई।"

दो जुड़वां बच्चों को जनकर नसरीन मर चुकी थी।

फ़िरोज़ जैसे पागल हो गया था। सहर के मुँह से एक हूक निकली।

"इन्नालिल्लाहे व इन्नाअलयहे राजेऊन।"

मुख़्तार चाचा के काँपते होंठों ने पढ़ा।

"मैं अन्दर..."

फ़िरोज़ की आँखों से लगातार आँसू बह रहे थे और वो आगे कुछ कह नहीं पाया।

"हाँ, आप जा सकते हैं।"

कहते हुए डॉक्टर साहब अपने रूम की ओर चले गए।

नसरीन का बेजान जिस्म बिस्तर पर पड़ा हुआ था और फ़िरोज़ नसरीन से लिपटकर रो रहा था। दोनों बच्चों को चूम-चूमकर फ़िरोज़ की आँखें अश्क़ बहाए जा रही थीं।

राशिदा खाला और यूनुस भाई भी अस्पताल पहुँच चुके थे और सदमे में थे। आबिदा शमीन के साथ जैसे ही अस्पताल पहुँची, उसने लगातार

आँसू बहा रही सहर और फ़िरोज़ को इस हालत में देखा तो आबिदा वहाँ से आगे जाने का हौसला न कर सकी और वहीं बैठ गयी। शमीन भागते हुए ऑपरेशन रूम के सामने पहुँची और वहीं ठहर गयी।

नसरीन जा चुकी थी, आबिदा के चेहरे पे आबिदा की आवाज़ गूंज रही थी।

"रोटी खा लिया कर नस्सो। कल जब पेट नहीं बचेगा तो तू बच्चा कहाँ पालेगी मेरी बच्ची?"

आबिदा जानती थी कि नसरीन को किसने मारा है। कई-कई दिनों तक एक कौर रोटी तक मयस्सर न कराने वाला बेरहम वक़्त एक झटके में नसरीन को निगल गया था।

सबको जैसे किसी ने ठग लिया था और सब रो रहे थे।

25

दोनों बच्चे सहर और शमीन की गोद में थे।

नसरीन को दुल्हन की तरह सजाया गया था।

फ़िरोज़ के चेहरे पर अब ज़िन्दगी नहीं थी। अतहर, यूनुस भाई और मुख़्तार चाचा जनाज़े के सारे ज़रूरी काम ख़त्म कर चुके थे। जनाज़ा उठ चुका था और तेज़ होती मातम की आवाज़ के साथ अब रुख़सत हो चुका था।

ताज़िन्दगी हमसफ़र होने का वादा करने वाली किसी और तन्हा सफ़र पर निकल गयी थी और फ़िरोज़ के लिए एक सूना सफ़र छोड़ गयी थी, जो उसे अब उसके बगैर तय करना था।

खोनेवालों ने अपना सब कुछ खो दिया था।

वक़्त की सख़्तदिली से अन्जान और सहर और शमीन के सीने से लगे एक दिन की उम्र के दोनों मासूम उन्हीं को अपनी अम्मी समझकर कभी सो रहे थे और कभी रो रहे थे।

क्यों इस किस्म का वक़्त लिखा गया इन मासूमों के मुक़द्दर में?

काश! कोई ये सवाल किसी से पूछ सकता और काश कोई इस सवाल का जवाब दे सकता।

कितना भी बड़ा गुनाह क्यों न हो लेकिन किसी को भी बच्चों को ऐसे फैसले और ऐसी सज़ाएं देने का हक नहीं होना चाहिए। बाप बच्चों को पाल लेता है और ज़िन्दगी की तमाम खुशियां और नैमतें भी दे देता है लेकिन वो कभी माँ की जगह नहीं ले सकता। ये सिफ़त ऊपर वाले ने बस माँ को दी है लेकिन जब उसने ये सिफ़त माँ को बख़्शी है तो उससे बच्चों

को जुदा क्यों रखता है?

सच तो यह है कि किसी बच्चे की माँ का इस उम्र में मर जाना सिर्फ़ माँ की मौत ही नहीं होती, उसके साथ मर जाता है उस बच्चे का बचपन। उसके साथ मर जाती हैं बच्चे की ज़िद। उसके साथ मर जाती हैं बच्चे की ग़लतियाँ और उसके साथ बच्चे की ज़मीन मर जाती है, उसके खेल मर जाते हैं, खिलौने मर जाते हैं। बचपन में माँ के मर जाने से बच्चे की ख़्वाहिश और पसन्द मर जाती है, उसकी वो आवाज़ मर जाती है जो कुछ चिल्लाकर हक़ मांगना चाहती है।

बहुत बेहतर तो यह है कि इक उम्र के पहले यदि बच्चों की माँ मर जाएं तो उन बच्चों को भी अपने बचपन की मौत से पहले ही मर जाना चाहिए।

माँ का मर जाना किसी भी बच्चे की ज़िन्दगी का सबसे बड़ा और दर्दनाक हादसा है।

सहर इरफ़ान और अयान को सुला रही थी।

इरफ़ान सो चुका था और अयान को सुलाने के लिए सहर लोरी गा रही थी।

'निन्दिया आजा री
मोरे राजा को सुला दे।
हूँ..हूँ..
मत तरसा, आ री
मोरे राजाजी बुलाएं।
हूँ...हूँ...
थक गयी अँखियाँ
रतियां जगियां,
आ जा, आ री निंदिया
तोहे राजाजी बुलाएं। हूँ...हूँ...'

अयान भी अब तक सो चुका था।

आबिदा सो चुकी थी मगर साथ बिस्तर पर पड़ी शमीन अब भी पलक

झपकाए बिना घर की एक दीवार की बढ़ती हुई नमी को देखे जा रही थी।

बारिश को गुज़रे आधा बरस गुज़र गया था लेकिन नमी अब तक बरक़रार थी। नमी की वज़ह से दीवार से कुछ पलस्तर उखड़ रहा था और कई जगह से गिर भी चुका था। कुछ-एक हिस्सों में से तो ईंटें भी झांक रही थीं।

शमीन और दीवार दोनों जैसे अलग-अलग शक्ल में एक-सी ज़िन्दगी जी रहे थे। कौन कब और कहाँ पर साथ छोड़ दे, कहना मुश्किल ही था।

26

फ़िरोज़ की हँसती-बोलती ज़िन्दगी ख़ामोश हो गयी थी। अपने आस-पास भी चुप्पी का कोई बड़ा दायरा बना लिया था उसने। ज़िन्दगी से बहुत दूर हो गया था फ़िरोज़ नसरीन के जाने के बाद। न ही किसी से कुछ कहना चाहता था, न सुनना चाहता था और न ही किसी से मिलने-जुलने का कोई सिलसिला ही रह गया था उसके साथ। वह अब बहुत कम बातें करता और अपने काम में लगा रहता। 'परवरिश' में बच्चों के लिए तमाम ज़रूरी चीज़ों का बन्दोबस्त करता, बच्चों का ख़याल भी रखता और फिर रोज़ शाम को इरफ़ान और अयान से मिलने जाता।

नसरीन के इन्तक़ाल के बाद से बच्चे वहीं रह रहे थे।

फ़िरोज़ को देखकर मुख़्तार चाचा बहुत परेशान रहने लगे थे। वे बच्चों को लेकर भी फ़िक्रमन्द थे, हँसती-खेलती दुनिया का चेहरा उजाड़ लग रहा था और हर चीज़, रिश्ते, लोग सबके दरम्यान न चाहते हुए भी एक लम्बा अन्तराल आ रहा था।

सामने पूरी ज़िन्दगी पड़ी थी लेकिन फ़िरोज़ की अब बस एक ही ख़्वाहिश थी इरफ़ान और अयान की सही देखभाल और उन्हें बहुत प्यार देना।

अतहर किसी काम के सिलसिले में तीन रोज़ से जबलपुर गया हुआ था। कुछ काम ज़्यादा था, इसीलिए फ़िरोज़ कल ज़्यादा वक़्त हो जाने की वज़ह से बच्चों से मिलने नहीं जा सका था। आज भी सुबह से ही गैराज में था।

"अरे सहर, यहाँ? सब खैरियत तो है न?"

गैराज में गाड़ी बना रहे फ़िरोज़ ने सहर को गैराज में देखकर एक लाज़िम रफ़्तार से पूछा, "अम्मी इन दिनों बहुत गमज़दा रहने लगी हैं फ़िरोज़ भाई, डर लगता है कहीं अब अम्मी को न खो दें।"

बोलते-बोलते सहर के आँसू आ गए।

"तुम इतनी फ़िक्र मत किया करो सहर। मैं हूँ सब देखने के लिए। दरअसल अम्मी वहाँ अकेले रहने की वज़ह से सिर्फ़ वही सोचती रहती हैं। ऐसा करते हैं अम्मी को मैं यहाँ ले आता हूँ। फिर वे 'परवरिश' को भी देख लिया करेंगी।"

फ़िरोज़ ने सहर को बैठाया और हौसला देते हुए कहा, "पता नहीं अम्मी आएंगी या नहीं।"

सहर फ़िरोज़ को देख रही थी। मुस्कराते रहने वाला बेहद ख़ूबसूरत चेहरा आज उदास था। सहर की आँखें नम थीं और उसकी आवाज़ में दर्द था।

भीतर ही भीतर टूटा हुआ फ़िरोज़ टूटते-बिखरते अपनों को सहेजने-सम्भालने की कोशिश में लगा था।

"चलो! मैं तुम्हें घर छोड़ देता हूँ।"

फ़िरोज़ ने स्कूटर उठाया और सहर को लेकर घर के जानिब निकल पड़ा।

ज़िन्दगी दोनों तरफ़ अधूरी-अधूरी थी। साँसें जैसे उधार की थीं और हर साँस ज़िन्दगी का बोझ बढ़ाती लगती थी।

जवान बच्ची की मौत आबिदा की हिम्मत तोड़ गयी थी। सब ज़ब्त कर आबिदा जी रही थी; उस बेज़ुबान दीवार की तरह जिस पर मुक़द्दर ने फ़ैसला लिख दिया था और उसकी स्याही को लिबास कर अब बस उसे जीना था।

शमीन की तबीयत अब उसके चेहरे पर आ गयी थी। कुछ सूजन थी और थकावट भी दिख रही थी।

उस रोज़ फ़िरोज़ शाम को रोज़ की तरह बच्चों से मिलने गया था।

शमीन को देखकर फ़िरोज़ ख़ुद को पल भर में भुलाकर फ़ौरन कह उठा, "शमीन तुम्हारी तबीयत ठीक है न?"

इरफ़ान फ़िरोज़ की गोद में ही था। आबिदा वहाँ नहीं थी।

"बिल्कुल ठीक है फ़िरोज़ भाई। अभी दोपहर में आँख लग गयी थी, बस इसी वज़ह से चेहरा कुछ ऐसा है।"

शमीन कुछ ज़्यादा ही मुस्कराते हुए बोल रही थी।

फ़िरोज़ शमीन को गहरी नज़र से देख रहा था और उसे कुछ सही-सा नहीं लग रहा था।

फ़िरोज़ शमीन से इस बारे में कुछ और पूछने ही जा रहा था कि आबिदा आ गयी।

"सलाम अम्मी।"

"अस्लामालिकुम बेटा, कैसे हो? शमीन ने चाय पिलाई या बस ऐसे ही खड़े हो?"

आबिदा की आवाज़ में ख़राशें दिन-ब-दिन बढ़ती जा रही थीं।

"नहीं अम्मी, मैंने ही मना कर दिया।"

मुस्कराते हुए फ़िरोज़ इरफ़ान को एक बार फिर चूमकर आबिदा की गोद में देकर रुख़सत हो ही रहा था कि यूनुस भाई आ गए।

"कैसे हो फ़िरोज़ मियाँ?"

आते ही यूनुस भाई ने कहा। वे ज़ीना चढ़कर आए थे इसलिए हाँफ रहे थे।

"सलाम भाईजान, बस अल्लाह पाक़ का करम है। आप सुनाइए। अब्बू ने आज सुबह ही बताया था कि आपकी तबीयत कुछ नासाज़ रहती है इन दिनों।"

"मर्ज़ कुछ और नहीं फ़िरोज़ मियाँ, ये बढ़ती हुई उम्र है बस।" खाँसते हुए कुर्सी पर बैठे।

"सुना तुमने फ़िरोज़ मियाँ; गिरी साहब का इन्तक़ाल हो गया कल?"

सुनते ही हाथ पर चाय की ट्रे रखे शमीन को ऐसे लगा जैसे बहुत देर से हवाओं के मुक़ाबिल रखा हुआ दीया तेज़ी से फड़फड़ाकर बुझ गया हो।

उसने सबको चाय दी। बातचीत बदस्तूर जारी थी।

दूसरे कमरे में बैठी शमीन की निगाहों में अब स्याह मंज़र थे। रोशनी लाने की उम्मीद वाला चिराग़ बुझ चुका था।

27

आबिदा और सहर बच्चों के पास ही बैठे थे। बच्चे सो रहे थे।

"आज मुख़्तार भाई आए थे। कह रहे थे कि ऐसा कब तक चल सकता है। आख़िर कुछ सोचना ही पड़ेगा।"

कुछ सोचते हुए सहर अम्मी को सुन रही थी।

"फ़िरोज़ के दूसरे निकाह की बात कर रहे थे।"

सहर की निगाह आबिदा के चेहरे पर और गहराती जा रही थी। वो चुप थी।

"कह रहे थे, बच्चों और फ़िरोज़ दोनों के लिए यही सबसे बेहतर होगा। फ़िरोज़ से उन्होंने पूछा तो पहले तो उसने मना कर दिया लेकिन बाद में बच्चों की खातिर यह कहकर हाँ कह दी कि पहले शमीन से पूछ लीजिए, उसे कोई एतराज़ न हो।"

"अम्मी आपने शमीन से ज़िक्र किया?"

सहर ने सुकूँन की एक गहरी साँस लेते हुए कहा।

"सोचा शमीन से तुम बात करो तो ज़्यादा बेहतर होगा।"

आबिदा की निगाह में सवाल भी था और चाहत भी।

"ठीक है अम्मी...हम शमा से बात करेंगे...आप परेशान मत होइए।"

आबिदा ने सिर हिलाया और दीवार के सहारे उठी और चटाई बिछाकर अब सज़दे में थी।

सहर की निगाह में अब भी अम्मी का दीवार के सहारे उठना ठहरा

हुआ था। अपनी अम्मी को दिन-ब-दिन कमज़ोर होते देखकर सहर परेशान थी। जो उम्र भर किसी चट्टान की तरह हर मुश्क़िल से जूझते हुए अब तक मज़बूत खड़ी थी; वो चट्टान कहीं खिसक गयी तो..

इस तसव्वुर से ही सहर की आँखों से दरिया बह निकला।

28

उठते वक़्त खटिए की चरचराहट से कहीं बच्चे फिर न जाग जाएं; इसीलिए शमीन बहुत एहतियात के साथ बच्चों को चादर ओढ़ाकर धीरे से खटिया से उठी और दरवाज़ा खींचकर आधे से ज़्यादा बंद कर दिया जिससे बाहर से आ रहे शोर और रोशनी दोनों अंदर ना आ सकें, बाहर की गली से गाड़ियाँ लगातार गुज़रती थीं जिसका शोर सुनकर कच्ची नींद में बच्चे कई बार उठ जाते थे। इसीलिए शमीन कुछ वक़्त के लिए वहीं दीवार से टिककर बैठ गयी थी। सुबह सहर के बाद राशिदा खाला ने भी शमीन से निकाह का ज़िक्र किया था। शमीन किसी को अपनी हक़ीकत बता नहीं पा रही थी...वो पशोपेश में थी कि निकाह कर भी लिया तो फिर वहीं और उसी जगह, उन्हीं हालातों में और उन्हीं सवालों के साथ सारे के सारे फिर से खड़े होंगे। उसे ख़ुद से एतराज़ था और बेहद शर्मिन्दा भी थी कि चाह कर भी वह कुछ नहीं कर पा रही है। शमीन बस यही सोच रही थी कि उसके इस तरह होने से बेहतर है उसका न होना। वो अपने होने को मिटाने का इरादा कर चुकी थी।

रात आज बहुत स्याह थी। सब सो रहे थे और शमीन उठकर गहरी नींद में सोने जाने को तैयार थी। पूरी तरह तैयार। कभी खत्म न होने वाली रात का अन्धेरा उसे बिल्कुल साफ़ शक़्ल में बीते सत्ताईस सालों के हर उस सफ़हे को दिखा रहा था, जिसे उसने जिया था अब तक।

अम्मी को सोता हुआ देखकर उसे उसके सीने में चढ़ी सात बरस की शमा दिख रही थी जो लगातार अम्मी से ज़िद कर रही थी कि, "अम्मी हमें दुल्हन बनाओ।" कितनी मुहब्बत से अम्मी ने उस रोज़ शमा के सिर पर अपना गुलाबी दुपट्टा डालकर और उसी का परदा गिराकर शमा को चूमकर कहा था, "देखना एक रोज़ दुनिया का सबसे बड़ा शहज़ादा आएगा और मेरी

शम्मो को अपनी शहज़ादी बनाकर ले जाएगा।"

अम्मी के चेहरे की गहराती हुई झुर्रियों में दर्द बह रहा था और शमीन जानती थी वो उसे और बढ़ाने जा रही है। शमीन अम्मी को देख रही थी और उस कम रोशनी में शमीन के आँसू साफ़ दिख रहे थे।

सहर जिस बिस्तर पर सोई थी, उसका आधा हिस्सा सिलवटों से भरा छोड़कर उठ आई थी शमीन। सहर हमेशा कहती है, "शम्मो आपा! पता है आप अपने घर का लड़का हो। देखो न कभी किसी चीज़ से आपको डर भी नहीं लगता है। अम्मी भी जब वक़्त-बेवक़्त परेशान हो जाती हैं तो पहली आवाज़ आपको इसीलिए ही तो देती हैं क्योंकि वो जानती हैं आप हम सबमें सबसे ज़्यादा हिम्मत रखती हो।"

शमीन की अश्क़ों से भरी निगाहें सहर को गले लगाकर कहना चाहती थीं कि उसकी सबसे ज़्यादा बेख़ौफ़ आपा जो घर के लड़के की तरह है, जो सब कुछ कर सकती है, जिसमें बहुत हिम्मत है और जो सख़्त वक़्त की ज़ुबान का पहला लफ़्ज़ है, वो आज हिम्मत हार चुकी है और ख़ुद से नाराज़ होकर ख़ुद से भी दूर जा रही है।

घर की दीवार, दहलीज़, बर्तन, कुर्सी, चटाई और सबके सब ने शमीन से बात की, उसे रोका भी लेकिन शमीन आज रुकने के लिए नहीं चली थी। वो तो ज़िन्दगी से आगे के सफ़र को नापने की ज़िद में थी।

दहलीज़ से बाहर आते-आते शमीन दोबारा भीतर आई और इरफ़ान और अयान को एक बार फिर देखा। वो उन्हें बहुत प्यार करना चाहती थी लेकिन इससे पहले कि ऐसा कर पाए, ख़ुद को धकेलते हुए बाहर ले आई।

शमीन अब दहलीज़ के बाहर आ गयी थी और उस आख़िरी दरवाज़े को बंद कर अन्धेरों में गुम हो रही थी।

वो रात के अन्धेरों में आसमान को देख रही थी। आज आसमान में चाँद अब तक नहीं था और तारे भी एक-दो ही नज़र आ रहे थे।

"कितना ख़ौफ़नाक लगता है रात को बिना चाँद-तारों का आसमान?"

शमीन आसमान को टकटकी लगाए देखे जा रही थी। अन्धेरा आसमान किसी गहरी खाई सरीखा नज़र आ रहा था और शमीन उसी खाई में ख़ुद

को समो देना चाहती थी, इतनी हद तक कि किसी भी उजाले को उसका कोई पता न मिले।

किसी परिन्दे की उड़ने के लर्ज़िश ने हवा में सरसराहट घोल दी थी और शमीन जानती थी कि रात के अन्धेरे में जो परिन्दे सफ़र में होते हैं; वो घबराकर मर जाते हैं।

शमीन ने आज भी उस परिन्दे की सलामती के लिए दुआ पढ़ी।

आसमान ख़ाली और ख़ामोश हो चुका था। परिन्दे की आवाज़ किसी ख़ला में खो चुकी थी। एक परिन्दा दूसरे परिन्दे को दुआ देकर अन्धेरे आसमान में कूद गया।

29

आबिदा का सब्र अब खत्म हो रहा था। वो घबराने लगी। राशिदा, यूनुस भाई सब वक़्त बढ़ने के साथ-साथ परेशान होते जा रहे थे। सहर एक कुर्सी पर चुपचाप ख़ामोश बैठी थी। इतने में फ़िरोज़ और अतहर भी वहाँ पहुँच गए।

"मालूम नहीं लेकिन इससे पहले कभी बिना बताए ऐसे कहीं गयी नहीं शमीन।"

फ़िरोज़ को देखते ही आबिदा के आँसू निकल पड़े।

"आप बिल्कुल भी मत घबराइए अम्मी। मैं मालूमात करता हूँ अभी।" फ़िरोज़ ने अम्मी को सम्भालते हुए बैठाया।

"सहर तुमसे कुछ कहा था उसने, कुछ भी?" सहर ने चुपचाप फ़िरोज़ को देखा और नहीं में सिर हिलाया।

"शमीन की कोई सहेली या कोई जान-पहचान वाला शख़्स है, जिसके यहाँ वो जाती हो या जा सकती हो?"

फ़िरोज़ सहर से पूछ रहा था। आबिदा भी सहर के जवाब का इन्तज़ार करने लगी।

"हाँ उनकी एक सहेली हैं रुखसार।"

"सहर तुम मेरे साथ आओ। हम अभी वहाँ पता करते हैं।" सहर उठकर चलने को तैयार हो गयी।

"अम्मी आप इत्मीनान रखिएगा। हम अभी आते हैं। अतहर भाई मेरे आने तक यहीं रहेंगे।" अतहर फ़िरोज़ को देख रहा था।

आबिदा को ढाँढस बंधाकर फ़िरोज़ सहर के साथ ज़ीने से नीचे उतरा।

फ़िरोज़ का स्कूटर अभी मस्ज़िद वाले मोड़ तक पहुँचा ही था कि सहर की सिसकियों की आवाज़ ने उसे ठहरा दिया। फ़िरोज़ ने जैसे ही स्कूटर

रोका, सहर उतरकर मस्ज़िद की दीवार से लगकर रोने लगी। फ़िरोज़ ने गाड़ी खड़ी की और भागते हुए सहर के पास पहुँचा।

"क्या हुआ सहर? तुम्हारे हाथ में ये क्या है?"

"शमीन, शमीन फ़िरोज़ भाई, शमीन अब..." सिसकती हुई सहर ने शमीन का ख़त फ़िरोज़ दे दिया।

फ़िरोज़ के होश फ़ाक्ता हो गए थे।

सहर

मैं कभी भी अपनी ज़िन्दगी ऐसे ख़त्म नहीं करना चाहती थी। मुझे अपनी ज़िन्दगी से बहुत प्यार था, इसीलिए मैंने अब तक हर किस्म के हालात में उसे मुस्कराकर ही जिया था लेकिन अब जब नहीं जी पा रही हूँ तो अपनी ज़िन्दगी को ठहरा देना चाहती हूँ। वक़्त की बेरुख़ी के बीच अहसास ही नहीं हुआ कि कैंसर मौत की हद तक पहुँच चुका है। अब तो बहुत देर हो गयी थी सहर कि कुछ हो सकता।

जब ख़्वाहिश थी जीने की तो मुफ़लिसी जीने की इज़ाजत नहीं दे रही थी और आज जब उसने इज़ाजत दी है तो मैं नहीं चाहती।

मैं अम्मी से बहुत प्यार करती हूँ सहर और उससे ज़्यादा वो मुझे। मैंने उनका यक़ीन, उनका दिल, उनका हौसला सब तोड़ दिया है लेकिन मैं तुमसे कहना चाहती हूँ कि तुम अम्मी पर ये कभी नुमायाँ मत होने देना कि मैंने ख़ुद को ख़त्म कर लिया है। वो सह न सकेंगी पर हाँ, मैं कहीं जी रही होऊंगी, ये मुगालता उन्हें कुछ सुकूँन तो दे ही सकता है। कम से कम इतना तो ज़रूर कि मैं जैसी भी हूँ, ज़िन्दा तो हूँ।

अम्मी के यक़ीन की तौहीन की है मैंने; उनकी गुनहगार हूँ। इरफ़ान, अयान और तुम्हें जितना प्यार करना था; नहीं कर पाई। ये कसक भी साथ लेकर जा रही हूँ। फ़िरोज़ भाई बिल्कुल अपनी तरह हैं सहर...शायद वो मुझे माफ़ कर दें।

शमीन

फ़िरोज़ शमीन का ख़त पढ़ रहा था।

30

सहर कैसे जी रही थी इन दिनों?

जी रही थी? यह कहना भी सवालिया है।

एक साथ दो सहर एक जिस्म में रह रही थीं। एक सहर की ज़िन्दगी में, शमीन की ख़ुदकुशी भीतर तक सन्नाटा भर कर उसकी हर एक उम्मीद का क़त्ल कर गयी थी; और एक सहर हर रोज मर रही थी अपनी अम्मी को ज़िलाने के लिए एक अलग ही ज़िन्दगी जीने की कोशिश कर रही थी।

ख़ुद खुलकर रोना चाहती थी लेकिन रो नहीं सकती थी और कहीं अम्मी के आँसू न छलक पड़ें, इसके लिए न जाने कहाँ-कहाँ की बातें करती रहती।

"अम्मी हमें तो लगता है शम्मो आपा नर्स की ट्रेनिंग के लिए तो नहीं चली गयीं। आपको याद है न डॉक्टर गिरी, पूजा गिरी शमीन की सहेली। उन्होंने एक बार ज़िक्र तो किया था। आपको याद है न अम्मी?"

सहर बोलती रहती और आबिदा कुछ वक़्त के लिए वैसा-वैसा सोचने लगती और फिर तीन-चार घंटे उस बात पर ज़ोर देकर सहर, फ़िरोज़ और अतहर की मदद से शमीन की खोज़बीन की कोशिश बरक़रार रखती। शाम होते-होते आबिदा सहर से पूछती; तो सहर फिर इस नई कोशिश की ज़मीन बना देती। आज पूरे आठ दिन हो गए थे।

एक हफ़्ता गुज़र गया था और आबिदा जानती थी कि वो सिर्फ़ बदनामी के डर से अब तक ख़ुद को जैसे-तैसे चुप रखे हुए थे लेकिन आज वो किसी भी चीज़ की परवाह किए बिना और किसी से बात किए बिना कोतवाली में शमीन की गुमशुदगी की रिपोर्ट दर्ज़ कराने जाने लगी।

सहर ने जैसे ही अम्मी को जाते हुए देखा तो समझ गयी कि अम्मी क्या करने जा रही हैं।

"अम्मी ज़रा-सा हौसला रखिए। इतना सब्र किया है तो..."

"अपनी कोख़ में रखा है मैंने उसे नौ महीने सहर और उसके बाद सत्ताईस साल अपनी छाती से लगाकर रखा है उसे और वो सात दिन से घर पर नहीं है, सहर मुझे जाने दे।"

सहर ने दरवाज़े तक लगभग दौड़ते हुए जाकर आबिदा को रोका।

माँ हर उम्र में अपने बच्चे के लिए कुछ भी कर सकने का माद्‌दा रखती है। आबिदा कर सकती थी।

"माँ ये भी हो सकता है कि शम्मो आपा किसी के..."

"मेरी बेटी है वो, मैं जानती हूँ उसे...सहर मुझे जाने दे बेटा।"

"अम्मी आप समझने की कोशिश तो कीजिए, वो अब..." सहर ने दोनों हाथों से अपना मुँह दबाया और भरी आँखें वहीं बैठ गयी।

"क्या हुआ सहर बता, शमीन कहाँ है। बता, बेटा बता शमीन कहाँ है?"

"शम्मो आपा अब कभी नहीं आएंगी अम्मी...कभी नहीं आएंगी।"

अपना दर्द चुपचाप सह रही सहर अम्मी का दर्द सहन नहीं कर सकी और कह गयी।

आबिदा वहीं बैठ गयी और ऐसे रोने लगीं जैसे आज उसके पास कुछ भी नहीं बचा था, कुछ भी नहीं। उसका सब कुछ लुट गया था लेकिन वो फिर भी बेबस थी जीने के लिए।

सहर भी रो रही थी और अपनी अम्मी को भी आज दिल खोलकर रो लेने देना चाहती थी।

हर बार एक शख़्स के मरने का मतलब फ़क़त एक शख़्स का मरना नहीं होता। कभी-कभी वो उसके साथ अपना घर और वहाँ मौज़ूद कुछ लोगों को लेकर भी मर जाता है।

शमीन अपने साथ दो और ज़िंदगियाँ लेकर मरी थी।

31

फ़िरोज़ और अतहर आज सुबह ही सहर और आबिदा का सारा सामान एक बड़े से और खुले टेम्पो में रखकर 'परवरिश' ले आए थे। यूनुस भाई और राशिदा अपनी बच्ची और बहन के जाने से ख़ुश थे लेकिन दिल को नहीं समझा पा रहे थे।

यहाँ आने के बाद आबिदा का तो वक़्त बच्चों के साथ बीत जाता लेकिन सहर के लिए अपनी दोनों बहनों के बगैर रहना बहुत मुश्क़िल हो रहा था।

सहर ज़ीस्त के हर पहलू में नसरीन और शमीन की छाप थी। सहर को जीने के सलीक़े नसरीन और शमीन से मिले थे। सहर की अदा नसरीन और शमीन की अदा थी। सहर के क़िरदार में नसरीन और शमीन का अक्स था लेकिन अब जीने की कोशिश की शर्त थी; अपना क़िरदार भुला देना और सहर के लिए ये आसान नहीं होता।

ख़ुद से छुपकर रोती रहती और आजकल उसे सब बेमानी-सा लगता। इरफान और अयान ही उसके लिए बची-खुची ज़िन्दगी थे।

फ़िरोज़ सहर को ऐसे नहीं देख सकता था।

"अम्मी सहर इन दिनों बहुत उदास रहने लगी है, मेरे दोस्त का एक स्कूल है। सहर के लिए बात की है। थोड़ा बाहर जाएगी तो कुछ मन भी बहलेगा उसका। अगर आप कहें तो मैं..."

फ़िरोज़ ने आबिदा से गैराज जाते वक़्त कहा। सहर बच्चों के पास थी।

"जैसा सही समझो बेटा।"

आबिदा इससे ज़्यादा कुछ नहीं कह पाई।

"सहर।"

दूसरे कमरे तक जाकर फ़िरोज़ की आवाज़ सहर को अपने साथ बुला लाई थी।

"जी फ़िरोज़ भाई।"

क्योंकि इतना कहना ज़रूरी था; तो उसे बोलना ही था।

"मैं दोपहर में आऊंगा सहर, फिर हम तुम्हारे जॉब के सिलसिले में एक स्कूल जानेवाले हैं, ठीक है न?"

फ़िरोज़ बहुत अपनेपन और हक़ से कह रहा था। सहर ने बेलफ़्ज़ रज़ामन्दी दी। जाने से पहले फ़िरोज़ ने एक बार फिर सहर को देखा।

आबिदा वहीं बैठी थी।

आबिदा अब पहले जितनी नहीं बची थी। चेहरे पर हड्डियाँ दिखने लगी थीं, हाँफने लगी थी, छाती का मांस सूख गया था और हाथों में पड़े दो चाँदी के कंगन हाथ से ज़्यादा मोटे हो गए थे। सच तो यह था कि आबिदा को अब जीना पड़ रहा था।

जीना पड़ जाने की बेबसी का ख़याल जिस लम्हे आ जाता है; उसी लम्हे में सबसे पहले किसी भी इन्सान की हसरत मर जाती है। उसकी आरज़ू खो जाती है और फिर वो तमाम के लिए रहता है, अपने लिए उसका कुछ नहीं बचता।

अपने दगाबाज़ नसीब की कारीगरी आबिदा को जाने किस क़यामत को सहने की ताक़त दे रही थी।

32

दिल्ली

ग़ालिब का शहर। सल्तनत का शहर। सियासत का शहर। हुकूमत का शहर। बादशाहत का शहर।

तख़्त-ओ-ताज का शहर और भी बहुत-सी दिमाग़दारियों का शहर। पर मेरे लिए हमेशा ग़ालिब का शहर रहा है दिल्ली। दिलदारी का शहर रहा है। शायरी का शहर रहा है। तब जबकि इस शायरी की उम्र बहुत भी नहीं थी लेकिन जो बहुत उम्र तक दिल्ली में रहा है, बहुत उम्र तक जिसकी हुकूमत दिल्ली में रही, उसने बाज़ियाँ जीती होंगी, जंगें जीती होंगी, इमारतें, क़िले और ज़मीनों में और किस्म की तामीरें की होंगी और की भी हैं।

लेकिन ग़ालिब की शायरी ने अपनी मुख़्तसर उम्र में दिलों में जो हुकूमत की है, आज भी उसका हुकम उतना ही असरदार है, उसकी ताबीरें रूहों में कायम हैं और आज भी वो उतनी ही ज़िन्दा-जाविदां हैं।

लाल क़िले से बहुत ताल्लुक़ लगता है और बहुत वो बोलता-बताता भी लगता है लेकिन उसके सामने की ग़ालिब की छोटी-सी हवेली का मर्तबा मुझे बहुत बुलंद महसूस होता है। इसलिए ग़ालिब का शहर।

इश्क़ का एक क़तरा वक़्त के दरिया में बहकर पिछले चार बरस से ग़ालिब के शहर में आ ठहरा था।

सूर्यशेखर पंडित और आराधना पंडित के इकलौता बेटा था अमन। पिता बैंक में मैनेज़र थे और माँ भी उसी बैंक में कार्यरत थी। दोनों बहुत खुले विचारों वाले थे और बहुत ख़ुशमिज़ाज इन्सान थे। अमन भी उन्हीं की तरह आज़ाद-ख़याल था।

अमन अब एक कंपनी में दो बरस से इंजीनियर था। पहले जितना अल्हड़ और उधमी था, अब उतना ही समझदार और ज़िम्मेदार हो गया था। बस एक चीज़ जो पहले थी, वो उसमें आज भी और अब भी थी बल्कि पहले से बहुत ज़्यादा थी और वो था सहर के लिए प्यार। अमन आज भी सहर को उसी हिद्दत और शिद्दत से चाहता था।

तीन महीने में सहर की लिखी हुई चिट्ठी वो हज़ार बार पढ़ चुका था लेकिन हर बार उसे वो नई ही लगती।

कल इतवार है। इतना ही बहुत होता है शनिवार की शाम को जीने के लिए, खासकर अमन जैसे उन नौकरीपेशा लोगों के लिए जो हफ़्ते के छह दिन ऑफ़िस में काम करते हैं क्योंकि ऐसी बोनासाई हुई दिनचर्या में उनकी ऑफ़िस की बिल्डिंग का फ़र्श उनकी दुनिया की तय ज़मीन हो जाती है और उसी बिल्डिंग की छत उनका सारा आसमान।

आज भी अमन सहर का ख़त फिर पढ़ रहा था। हर बार सहर का ख़त पढ़कर अमन उसे ख़त लिखना शुरू करता और फिर सोचता रह जाता कि क्या लिखूं, क्या जवाब दूँ?

पर आज उसे ख़त लिखना था और वो आज ख़त लिख रहा था।

सहर

मेरे जीने के बहाने लिखे हैं सहर तुम्हारे खत में। मेरी रातें जाग रही हैं, मेरी हसरतें महक रही हैं, मेरा ख़्वाब मुस्करा रहा है, मेरी उम्मीदें साँस ले रही हैं और मेरा इन्तज़ार झांक रहा है तुम्हारे ख़त में।

मैं ख़ुद से मिलता लगता हूँ और जीता लगता हूँ जब भी इसे पढ़ता हूँ।

मैंने अब तक हर लम्हा जैसे गुजार दिया है सहर तुम्हारे बग़ैर; सिर्फ़ इस यक़ीन में कि ये लम्हे मुझे उस वक़्त के क़रीब ले जा रहे हैं जो तुम्हें हमेशा-हमेशा के लिए मेरा कर देगा। तुम्हारे साथ का ख़याल मुझमें किस क़दर सुकूँन लाता है, काश मैं उसे लफ़्ज़ों में लिख सकता।

याद है तुम्हें सहर उस रोज़ शाम को जब तुम मिलकर जा रही थीं। उस रोज़ हम दोनों के हाथ इक-दूसरे से मिलने के लिए बढ़े थे मगर

वज़ह-बेवज़ह मिल न सके थे। वो अधूरा अहसास मैंने अब तक वैसे ही सम्भालकर रखा है सहर...कि कभी तुमसे मिलकर उसे मुकम्मल कर सकूँ।

मैं आज भी नहीं कह सकता कि तुमसे कितना प्यार करता हूँ, मैं आज भी नहीं कह सकता कि तुम मुझमें कितनी हो पर ये ज़रूर कह सकता हूँ कि मैं और मेरे होने का अहसास तुम हो और सिर्फ़ तुम हो।

दुनिया की हकीक़त और ख़्वाब की ज़िन्दगी के दरम्यान के फ़ासले जब भी मुझे डराते हैं तो तुम मेरा हाथ थाम कर मेरे साथ खड़ी नज़र आती हो और फ़ासले गुमने लगते हैं...मुझे तुम्हें कभी पलटकर देखने की ज़रूरत ही नहीं हुई क्योंकि न ही मैंने तुम्हें कभी पीछे छूटने दिया और न ही तुम रुकीं।

मैं ख़ुद को पूरी कायनात का सबसे ख़ुशनसीब शख़्स समझता हूँ क्योंकि मेरा इश्क़ तुम हो...और मैं मग़रूर हो जाता हूँ इस ख़याल से ही कि तुम मुझे इश्क़ करती हो।

'और हाँ एक बात और भी बतानी थी तुम्हें।'

'तुम अपने ख़त में बहुत दिखती हो सहर।'

'तुमने कभी बताया नहीं, मैं भी दिखता हूँ क्या?'

'दिखूं तो बताना...'

इन्तज़ार में दर्द होता है सहर...मत करना। मुझे तो आना ही है... और मैं आऊंगा ही।

अमन।

33

इरफ़ान और अयान तो जैसे सहर को अम्मी समझने लगे थे।

सहर जब स्कूल से लौटती तो उसे देखकर ही ख़ुश हो जाते और घुटनों के बल दौड़कर उसके पास आ जाते। सहर फिर सारी थकान भूलकर बहुत देर तक दोनों के साथ प्यार भरा वक़्त गुज़ारती।

आबिदा का दिल चाहता कि सहर से कह दे कि, 'बिन माँ की इन औलादों को क्या वो सचमुच अपनी गोद नहीं दे सकती?'

पर हर बार बात ज़बान तक आकर ठहर जाती थी।

लेकिन एक दिन हौसला बंधा और कह गयी।

इस बंधे हुए हौसले ने सहर के ख़्वाबों की सारी दुनिया बहा दी थी। इक सुनसान-सा बिछ गया था और सहर बिल्कुल चुप थी। वो आबिदा को देख रही थी लेकिन उसे छूटता हुआ अमन नज़र आ रहा था। सहर की आँखों से आँसू गिरे नहीं बल्कि ऐसे तेज़ बहे जैसे किसी ने दर्द का समुंदर कोरों में उड़ेल दिया हो और वो बस उसी वक़्त ज़मीन में उतरने लगा हो। सहर कुछ भी कहे बिना रह गयी।

बाप की मौत देख चुकी आँखें, माँ की टूटती चूड़ियां बरदाश्त कर चुका दिल। उस पर अपनी दो बहनों की बेवक़्त मौत को ज़ब्त करना और इसके बाद सहर के लिए अमन के बगैर जीने का फ़ैसला लेना, कौन-सी क़यामत कम थी इनमें, कि अब उसे अपनी मुहब्बत को भी रुख़सत करना था।

जाने किसकी बिछाई सज़ाएं थीं जिनको बेशर्त जीना था। अपनी हदों से बाहर और बहुत बाहर निकलकर।

अपने किसी भी दर्द से नावाक़िफ़ इरफ़ान और अयान मुस्कराते हुए खेल रहे थे। सहर को देखते तो अपनी तेज़-आवाज़ से उसे बताते कि उसे देखकर वो कितने ख़ुश हो रहे हैं। वो खड़े नहीं हो पाते थे लेकिन कोशिश करते कि खड़े होकर सहर के पास आ जाएं।

ऐसा न कर पाने से अपने घुटनों के बल दौड़कर सहर के पास आते और फिर दोनों एक-दूसरे को देखकर बहुत ख़ुश होते। सहर अब भी रो रही थी मगर बच्चों को मुस्कराते हुए हद से ज़्यादा प्यार कर रही थी।

बच्चों को अपने सीने से लगाकर सहर ने उनके लिए जीने का फ़ैसला कर लिया।

34

साहिल, रानी, ज़मा, रिया और सोहनी स्कूल जा चुके थे।

सारे बच्चे आबिदा को बड़ी अम्मी कहते और आबिदा भी उन्हें बहुत प्यार करती थी। विमला को बहुत सुकूँन हो गया था, आबिदा के आने के बाद से बच्चे आबिदा के साथ ही खेलते। आबिदा भी उन पर अपना ग़म भूलकर खुशियां लुटाती थी। विमला को यह देखकर हैरत होती थी कि अपनी हादसों से भरी ज़िन्दगी को भूलकर कोई किसी दूसरे के बच्चों को इतनी मुहब्बत दे सकता है। विमला भी आबिदा को अम्मी ही कहकर बुलाती थी।

फ़िरोज़ घर से निकलने वाला था कि उसकी नज़र आबिदा पर पड़ी। आबिदा फ़िरोज़ से कुछ कहना चाह रही थी।

"अम्मी क्या हुआ? सब खैरियत तो है न?" फ़िरोज़ आबिदा के क़रीब जाकर बोला।

"फ़िरोज़ बेटा।" आबिदा कह नहीं पा रही थी।

"बेहिचक बोलिए अम्मी। क्या बात है?" फ़िरोज़ ने अम्मी को कुर्सी पर बैठाते हुए कहा।

"फ़िरोज़ बेटा तुम्हारे बहुत अहसान हैं हम पर...मैं..."

"अम्मी आज आपको क्या हो गया। भला कोई बच्चा भी अपनी अम्मी पर अहसान करता है।"

फ़िरोज़ आबिदा के दोनों हाथ पकड़कर वहीं कुर्सी के क़रीब पंजों के बल बैठते हुए बोला।

आबिदा फ़िरोज़ से कह ही नहीं पा रही थी।

“क्या हुआ अम्मी आप...”

“आप मुझसे निकाह कर लीजिए। बच्चों के लिए और आपके लिए इस वक़्त यही...”

फ़िरोज़ को आधी बात ही कहकर रोकते हुए सहर भी आधा ही कह सकी और रोते हुए दहलीज़ से भीतर चली गयी।

फ़िरोज़ सहर की बात सुनकर सकते में था। वो कभी भी सहर को अपनी शरीक़े-हयात की शक्ल में अपनाने का ख़याल तक नहीं रख सकता था। आबिदा वहीं थी। वह अब बस सुन-देख सकती थी। फ़िरोज़ समझ नहीं पा रहा था कि ये सब लोग क्या सोच रहे हैं और वो ख़ुद क्या करे।

35

मुख़्तार चाचा रोज़ की ही तरह अपनी कुर्सी पर बैठे अख़बार पढ़ रहे थे। उनके चेहरे की सिलवटें पहले से बहुत ज़्यादा दिखने लगीं थी। टेबल पर उनकी दवाइयों का एक पुड़का रखा रहता था और उसी के साथ एक उल्टा गिलास और एक बड़े जग में उबला हुआ पानी ढका रखा रहता। बीच-बीच में खाँसी तेज़ हो जाती तो विमला सिरप का एक डोज़ ज़्यादा पिला देती थी। मुख़्तार चाचा का मानना था कि इस अंग्रेज़ी दवाई को पीने के बाद उन्हें और ज़्यादा खाँसी आती है लेकिन विमला इसकी परवाह तनिक भी नहीं करतीं। तब मुख़्तार चाचा विमला को कहते, "ये विमला तो चाहती ही नहीं है कि मेरी खाँसी ठीक हो; वरना एक काली शीशी की बजाय हक़ीम साहब की ख़ुराक़ न देती।"

विमला सुनकर मुस्कराती और कह देती, "अब्बू आपके हक़ीम साहब भी खाँसी में इसी काली शीशी की दवाई को पीते हैं; हमारी बात न मानें तो पूछ लें, उनकी छोटी बेटी आफ़रीन सहेली है हमारी। उसी ने बताया था।" मुख़्तार चाचा कुछ और बुदबुदाते रहते और विमला भीतर चली जाती।

शाम हो गयी थी। मुख़्तार चाचा फ़िरोज़ का रास्ता देख रहे थे।

जब किसी की राह न देखी जाए, तब रास्ते छोटे लगते हैं लेकिन जब हम किसी की राह देखते हैं तो आठ-दस क़दम का रास्ता मीलों फैला लगने लगता है। मुख़्तार चाचा बेचैन हो रहे थे और शाम आज सुस्त-क़दम थी। शाम से पहले आज फ़िरोज़ घर आ गया था।

"सलाम अब्बू।"

"मालिकुम अस्सलाम बेटा।"

मुख़्तार चाचा ने मुस्कुराते हुए जवाब दिया।

बार-बार अब्बू को ख़ुद को देखने और फिर चुप रहने को देखकर फ़िरोज़ समझ गया कि माज़रा वही निकाह का है।

मुख़्तार चाचा ने फ़िरोज़ को बहुत समझाया।

"मेरे और बच्चों के लिए तो समझ भी सकता हूँ अब्बू लेकिन सहर का और उसकी ख़ुशी का क्या होगा। उसकी भी तो अपनी ख़्वाहिशें, अपने ख़्वाब होंगे? और इन सबके बावजूद मैं ये कैसे कर सकता हूँ?"

फ़िरोज़ ने अपनी बात कहने की कोशिश की।

लेकिन आख़िरकार बेमन से फ़िरोज़ को निकाह के लिए हामी भरनी ही पड़ी। मुख़्तार चाचा ने फ़िरोज़ को बच्चों और हालात का वास्ता देकर निकाह के लिए राज़ी करा लिया था।

बिना शोर-शराबे के और सादगी के साथ फ़िरोज़ और सहर का निकाह हुआ।

36

किस दिल से सहर ने इस निकाह के लिए हाँ कहा होगा फ़िरोज़ को इसका अन्दाज़ा था। आज फ़िरोज़ के सामने वो सारे मंज़र बारी-बारी से आ रहे थे जब वो शमीन और सहर के साथ अपने और नसरीन के निकाह के लिए ख़रीददारी कर रहा था। उसे अब भी याद रहा था वो वाक़या जब नसरीन के लिए आईनों से जड़ा दुपट्टा लेने पर सहर ने शमीन से कहा था, "शम्मो आपा हम जब दुल्हन बनेंगे तो बहुत ख़ूबसूरत लगेंगे, देखना! पर हम तो अपने निकाह के लिए ये सामान लेने नहीं आ पाएंगे, इसीलिए आप हमारे लिए आईनों से जड़ा ऐसा गुलाबी दुपट्टा ख़याल से ख़रीद लीजिएगा।"

मगर ऐसा कुछ न हो सका। न ही दुपट्टा आया था और न ही अब दुल्हन की ऐसी कोई हसरत बची थी।

फ़िरोज़ को ये बात खाई जा रही थी।

निकाह के बाद सहर इरफ़ान और अयान की अम्मी तो बन गयी थी लेकिन फ़िरोज़ को शौहर नहीं मान सकी थी। इधर फ़िरोज़ भी सहर को नसरीन की जगह अभी तक नहीं देख सका था। उसके लिए सहर अब तक वही सहर थी।

निकाह को दो माह से ज़्यादा हो गए था। निकाह के बाद दोनों पहले से और भी कम बातचीत करते थे। बस बच्चों की ज़रूरतों की चीज़ों के अलावा दोनों में कोई और पहलू ही नहीं था जिस पर बातचीत हो सके। पहले जो रिश्ता था, अब वो दूसरी सूरत अख़्तियार कर चुका था।

जब किसी एक शख़्स से पहले रिश्ते की क़ब्र पर दूसरा रिश्ता हो जाए तो बहुत वक़्त लगता है उसे मानने के लिए और उससे ज़्यादा वक़्त लगता है

उसमें जीने के लिए। दोबारा कुछ भी जीना हमेशा मुश्क़िल होता है। कुछ भी।

दोनों एक ही कमरे में और एक ही बिस्तर पर सोते लेकिन इरफ़ान और अयान के अब्बू और अम्मी बनकर। दोनों इक-दूसरे की बहुत इज़्ज़त करते और हर बात भी मानते थे।

"कल हमें दस बजे स्कूल जाना है सहर।" फ़िरोज़ ने सोने से पहले सहर से कहा।

"हाँ।" सहर सो चुके अयान का चेहरा देखकर बोली।

"यदि तुम्हें ठीक लगे तो तुम इसी हफ़्ते से स्कूल जाने लगो।" फ़िरोज़ सहर को देख रहा था।

"हाँ।" सहर ने एक पूरी साँस ली।

"आज अतहर मियाँ नई टैक्सी लाए थे। ज़िद करके चाचा और अम्मी को घुमाने ले गए थे। अतहर अपने घर का ही हिस्सा है सहर। हमेशा और सब हालातों में अब तक साथ ही रहा है। कभी किसी बात का कोई शिक़वा-शिक़ायत जैसी कोई चीज़ ही नहीं रही दिल में। अब्बू भी उसे बच्चा ही मानते हैं। पिछले बीस सालों से जानता हूँ उसे। साफ़दिल है जो दिल में आए फट से बोल देता है।"

फ़िरोज़ अतहर के बारे में बता रहा था और सुनते-सुनते सहर सो गयी थी। इरफ़ान और अयान की ख़ाली दूध की बॉटल सहर के हाथों में ही रखी थी। पैर बिस्तर से बाहर लटके हुए थे और पाँवों में चप्पलें फंसी हुई थीं। फ़िरोज़ ने सहर के हाथ से बॉटल निकालकर टेबल पर रखी और फिर पाँवों से चप्पलें निकालकर धीरे से उन्हें ऊपर बिस्तर पर रख दिया। सहर को चादर ओढ़ाकर फ़िरोज़ ने लाइट बंद कर दी।

कुछ नीली रोशनी कमरे में थी जिनमें फ़िरोज़ का जागता चेहरा अब भी दिख रहा था।

37

फ़िरोज़ स्कूल रिसेप्शन में बैठा अख़बार पढ़ रहा था।

सहर को गए पंद्रह मिनट हो गए थे और इंटरव्यू खत्म होने ही वाला था। आते ही सहर की सहज मुस्कान ने फ़िरोज़ को बता दिया था कि उसे नौकरी मिल गई है। चूंकि फ़िरोज़ सहर की तासीर से आशना था, इसलिए इन सभी औपचारिकताओं की आवश्यकता थी। फ़िरोज़ ने सहर को मुबारक़बाद दी।

"कब से आना है तुम्हें?" मुस्कराते हुए फ़िरोज़ ने कहा।

"उन्होंने तो कहा कि मैं अभी से अपना काम समझ लूं।"

सहर रुकी।

"फिर?"

"मैंने कहा, मैं कल से..." सहर ने फिर आधा ही कहा।

"हाँ जबसे तुम्हारा दिल करे, तब से यहाँ आ जाना सहर।" फ़िरोज़ ने सहर की बात पूरी की।

"चलो आज हम बड़ी झील चलते हैं।"

सहर के भीतर एक टीस कौंध गयी, जैसे ही फ़िरोज़ ने कहा।

"हाँ।"

सहर ने फ़िरोज़ को देखा।

फ़िरोज़ के स्कूटर पर अब तक पीछे की सीट पर अतहर ही बैठा था। नसरीन को भी फ़िरोज़ ने कभी स्कूटर पर बैठाया था। पहला मौक़ा था

जब कोई लड़की या औरत बैठी थी। फ़िरोज़ के काँपते हाथों में पसीना आ रहा था और इसी डर से वो बहुत धीरे-धीरे चला रहा था। हद तो तब हुई जब एक साइकिल वाला फ़िरोज़ के बराबर आ गया और मुड़कर फ़िरोज़ को हैरत भरी नज़र से दांत निकालकर देखते हुए आगे बढ़ गया। सहर हैरत से मुस्कुरा रही थी।

"धीरे-धीरे स्कूटर चलाने का मज़ा ही और है सहर...है न?"

फ़िरोज़ ने बड़ी हिम्मत से कहा।

"हाँ।"

अपनी हँसी रोकते हुए सहर ने हामी भरी।

"मुझे तो समझ नहीं आता कि लोग तेज़ गाड़ी चलाते क्यों हैं? जब गाड़ी ही धीमी चलाएंगे तो फिर हादसे तो होंगे ही नहीं न।"

फ़िरोज़ को कुछ तो बोलना था तो बोल रहा था।

सहर हँस रही थी और हामियाँ भी भर रही थी।

फ़िरोज़, सहर और स्कूटर चलते हुए झील के किनारे तक पहुँच गए थे। चला स्कूटर था पर लग रहा था फ़िरोज़ चला हो, खैर।

वही झील, वही किनारा, वही लहरें लेकिन सहर बदल गयी थी। ऐसे भी कभी यहाँ आना होगा, सहर ने सोचा भी नहीं था। आज उसे कुछ भी कहता-सुनता नहीं लग रहा था। कॉलेज की उस शाम को छोड़कर अब तक सहर यहाँ जब भी आई थी, शमीन के साथ ही आई थी। उसे ख़ामोशियाँ हर तरफ़ बिखरी दिखाई दे रही थीं।

पास ही खड़े आईसक्रीम का डिब्बा रखे लड़के से दो आईसक्रीम लेकर

फ़िरोज़ ने सहर को क्या दी; उसकी आँखें नम हो गयीं।

"क्या हुआ सहर?"

आइसक्रीम अब भी फ़िरोज़ के हाथों में ही थी।

"नहीं कुछ भी नहीं। वो बस ऐसे ही अचानक शम्मो आपा..."

सहर के होंठों में नम हँसी थी। उसने फ़िरोज़ के हाथों से आईसक्रीम ली।

फ़िरोज़ चाहते हुए भी सहर को कुछ नहीं कह पाया।

सूरज झील के साथ दिन के बीच में था और शाम तक का सफ़र था अभी। पर बादलों को तो अपनी मनमानी करनी थी। बड़ा-सा काला कपड़ा लेकर आए और सूरज को जाने कहाँ छुपा दिया? सूरज के छुपते ही झील का उजला चेहरा डरकर साँवला हो गया और वो जैसे वहीं बैठ गयी जहाँ वो थी। सहर की ही तरह।

एक तरफ़ दोपहर और सहर दोनों बरसने को तैयार थे और दूसरी तरफ़ फ़िरोज़ बेबारिश भीग चुका था। मगर वक़्त किसी के साथ नहीं था। कमबख़्त तन्हा था और चुपचाप खड़ा हुआ सबको अपनी-अपनी अधूरी चाहत में डूबा देख रहा था।

आज तक मैं नहीं जान पाया कि सर्दी में वक़्त ठिठुरता है क्या? बारिश में भीगता है ये? गर्मियों में क्या इसका भी गला सूखता है और माथे पे पसीना आता है इसे? वरना मुमकिन है कि मौसम बस इन्सान के लिए हों।

हाँ मगर कभी-कभी ऐसा होता है कि वक़्त कई बार गुज़रता नहीं, सिर्फ़ ख़ुद से सब कुछ गुज़ार देता है।

38

घर दोबारा घर बन रहा था। बच्चे बड़े हो रहे थे। सहर इरफ़ान और अयान की ख़ुद से ज़्यादा परवाह करती और बहुत प्यार करती। सहर सभी बच्चों के साथ बच्चों सरीखा खेलती थी। फ़िरोज़ भी बच्चों के साथ अपनी दुनिया में था। जब भी फ़िरोज़ सहर को इरफ़ान, अयान और सारे बच्चों के साथ खेलता देखता तो उसे वो वही पुरानी सहर लगने लगती। आबिदा भी ख़ुद को खींचकर अपने माज़ी से हाल में ले आई थी। मुख़्तार चाचा भी सुकूँन में थे पर एक रिश्ते में अब तक एक रिश्ते के बराबर की खाई थी।

सुबह आठ बजे सहर स्कूल के लिए निकल जाती थी। स्कूल तक जाने के लिए उसे बस सामने वाले चौराहे से ही मिलती थी और वहीं छोड़ती भी थी। स्कूल की छुट्टी तो तीन बजे हो जाती थी लेकिन सहर को और आधा घंटा रुकना पड़ता था। यही वजह थी कि सुबह स्कूल की बस से आना तो हो जाता था पर वापसी के लिए फ़िरोज़ आकर उसे ले जाता था। स्कूल जाने से सहर का मन कुछ बहलने लगा था पर वो अब भी अमन को भूल नहीं पाई थी।

इतना आसान कहाँ होता है अपने कल से अलग हो जाना। रोज़ नया दिन होता है पर रोज़ ज़िन्दगी तो वही होती है। लाख मानें, लाख जानें या लाख कहा जाए पर सच यही है कि कल की परछाई के पहलू में ही आज की तस्वीर बनती है। कोई बड़ी कोशिश कई बार आज को अपने कल से कहीं भगा ले ज़रूर जाती है, मगर भागने और दौड़ने में बहुत फ़र्क़ होता है और ये भाग-थककर उसी कल के साए में रुक जाती है। ये बिल्कुल वैसा ही है जैसे एक ही केनवास पर एक तस्वीर को मिटाकर दूसरी तस्वीर बनाई जाए। कितनी ही बड़ी कलाकारी क्यों न हो, दूसरी तस्वीर पर पहली के निशान

झांकते हुए किसी को दिखें न दिखें, कलाकार को ज़रूर दिखते हैं। अगर कभी रंग पूरा बदल दिया जाए तो मंज़र तो बदल सकता है मगर ज़मीन का रंग कभी नहीं बदलता...फिर ज़मीन का रंग ज़मीन का रंग है। ज़मीन की ख़ुशबू ज़मीन की ख़ुशबू है...एक सी रही आई है। एक सी रही आती है।

अमन सहर की ज़मीन था। उसकी ख़ुशबू का नाम था।

मगर एक सच और भी था कि सहर अपनी ज़मीन और अपनी ख़ुशबू भूलना चाहती थी। उससे भागना चाहती थी। अपने बच्चों के लिए भी और फ़िरोज़ के लिए भी। सहर नहीं चाहती कि उसकी वजह से फ़िरोज़ कोई सज़ा जिए लेकिन सहर को ये बात भी सता रही थी कि वो फ़िरोज़ को जैसे सज़ा दे रही थी। उसे बहुत अफ़सोस था कि वो इस रिश्ते का साथ नहीं दे पा रही थी। इन सब बातों से ऊपर ये था कि फ़िरोज़ ने अब तक सहर से किसी भी बात का कोई शिक़वा नहीं किया था।

इरफ़ान और अयान सो चुके थे। सहर वहीं पलंग के एक सिरे पर बैठी हुई थी। कुछ ही देर में फ़िरोज़ आया और दूसरी तरफ़ वाले सिरे में करवट लेकर सो गया।

“आपका दर्द ठीक है अब? सिर ज़्यादा तो नहीं दुख रहा न?”

अम्मी ने बताया था कि फ़िरोज़ के सिर में दर्द हो रहा है और उसे हल्का-सा बुखार भी है।

“नहीं कुछ ख़ास नहीं, बस हल्का-सा है, सुबह तक ठीक हो जाएगा।”

फ़िरोज़ की करवट दूसरी तरफ़ ही थी अब भी।

सहर उठकर फ़िरोज़ के क़रीब आई और उसके सिर पर दवाई लगाने लगी।

“अरे सहर मैं कर लूंगा, तुम परेशान मत हो।”

फ़िरोज़ ने उठने की कोशिश की।

“नहीं आप लेटे रहिए, मैं लगा रही हूँ दवाई।”

सहर फ़िरोज़ के सिर में दवाई लगा रही थी। फ़िरोज़ सहर को देख रहा था और सहर आहिस्ता-आहिस्ता फ़िरोज़ के माथे पर नज़र टिकाए दवाई मल रही थी।

फ़िरोज़ को यक़ीनन बहुत सुकूँन मिल रहा था और उसकी कब नींद लग गयी, उसे पता ही नहीं चला। सहर ने तकिए को सही करते हुए फ़िरोज़ को चादर ओढ़ाई और बत्ती बुझा कर सो गयी।

सुबह स्कूल जाने को उठी सहर ने सबसे पहले फ़िरोज़ को देखा। वो सो रहा था लेकिन जब सहर ने फ़िरोज़ के माथे पर हाथ लगाकर देखा तो उसे बुख़ार बढ़ा हुआ लगा और फ़िरोज़ का बदन भी तप रहा था। स्कूल जाने का इरादा छोड़ सहर ने फ़ौरन अतहर भाई को बुलवाकर उन्हें डॉक्टर को लाने को कहा। सहर को अतहर से मालूम हुआ कि फ़िरोज़ को दो दिन पहले भी सिर-दर्द और बुख़ार हुआ था। अतहर फ़ौरन जाकर डॉक्टर मलिक को ले आया।

"कितनी हैरत की बात है कि आप ख़ुद को लेकर इस किस्म से लापरवाह हैं। फ़िरोज़ मियाँ दो रोज़ पहले भी आपको हिदायत दी थी कि थोड़ा आराम कीजिये... पर आप मानते ही नहीं..."

डॉ. मलिक फ़िरोज़ के अच्छे दोस्त थे और बहुत हक़ से बोल रहे थे।

"वाकई मलिक साहब किसी ने सही कहा है कि डॉ. की दोस्ती भी बहुत ख़राब और दुश्मनी का फिर क्या कहना..."

"आप अब कहीं नहीं जायेंगे और जब तक आपकी तबियत ठीक नहीं हो जाती कोई काम भी नहीं करेंगे।"

फ़िरोज़ की बात काटते हुए सहर ने बीच में कहा।

सहर की आवाज़ में ग़ुस्सा था। अलग सी मुहब्बत का ग़ुस्सा।

डॉक्टर मलिक ने फ़िरोज़ को दवाइयों के साथ लापरवाही न बरतने और उसे ख़ुश रहने की सलाह भी दी।

सहर ने फ़िरोज़ की दो दिन बहुत देखभाल की और उसे कहीं भी नहीं जाने दिया। फ़िरोज़ को सहर उसके होने और उसके हो जाने का अहसास करा चुकी थी। वो पिछले तीन रोज़ से स्कूल भी नहीं गयी थी।

तीसरे दिन जब फ़िरोज़ अतहर के साथ गैराज जाने के लिए तैयार हो रहा था, सहर ने अतहर को दवाइयां और उबले हुए पानी की बॉटल के साथ टिफ़िन एक थैले में रखकर देते हुए कहा, "अतहर भाई इन्हें याद तो

रहेगा नहीं, इसीलिए ये आपकी ज़िम्मेदारी है कि आपके फ़िरोज़ भाई सब खाना-पीना सही वक़्त पर और पूरी पाबंदी के साथ करें।"

"आप बिल्कुल भी फ़िक्र मत कीजिए, मुझे दीजिए भाभीजान।" अतहर ने थैला लेते हुए कहा।

जब अतहर ने सहर को भाभीजान कहा था, उसी लम्हे में फ़िरोज़ वहाँ आ गया था और उसकी निगाह सहर से मिलीं। सहर शरमाते हुए वहाँ से भीतर चली गयी।

रिश्ता अब साँस लेने लगा था और दोनों जीने लगे थे।

३९

फ़िरोज़ के हाथ में मोईन चाचा का ख़त था। मोईन चाचा अलीगढ़ में रहते थे और मुख़्तार चाचा के हमदर्द और दोस्त भी थे। अलीगढ़ में मुख़्तार चाचा की ज़मीन जो सालों से बेकार पड़ी थी, वो अब सरकार के सड़क चौड़ीकरण के प्लान में कहीं आ रही थी। ऐसे में सरकार ज़मीन के मालिकों को ज़मीन की क़ीमत देकर ज़मीन ख़रीद रही थी। मोईन ने इसी फ़िक्र से ये ख़त लिखा था कि मुख़्तार भाई एक-दो रोज़ के लिए आकर इस मसले का हल निकाल कर अपनी ज़मीन की क़ीमत ले जाएं।

"तो अब्बू इसमें ख़राबी क्या है? चलिए हम चलते हैं और दो-चार रोज़ में आ जायेंगे।"

ख़त पास ही टेबल पर रखकर फ़िरोज़ ने सहर से कमीज़ ली और उसका बटन लगाते हुए अब्बू से कहा।

मुख़्तार चाचा का दिल नहीं था कि वो दोबारा अलीगढ़ जाएं।

"अब तुम कहते हो तो ठीक है मियाँ, कल सुबह चले चलते हैं, अच्छा नमाज़ का वक़्त हो गया है, चलता हूँ, ख़ुदा हाफ़िज़।"

"ख़ुदा हाफिज़ अब्बू।"

सहर की आवाज़ं भी फ़िरोज़ की आवाज़ में घुलकर आई थी।

मुख़्तार चाचा अपनी छड़ी का कांधा पकड़कर उठे और मस्ज़िद की जानिब निकल पड़े।

"आपको तो बस घर से बाहर जाने के बहाने चाहिए।"

ख़फ़ा-नज़र से सहर ने फ़िरोज़ को देखा।

"अब बहाना भी तो नहीं है न घर में ठहरने का।"

इसके साथ फ़िरोज़ की मुस्कान ने सहर को और खफ़ा कर दिया। वो नाराज़ होकर दूसरे कमरे में जाने लगी।

"अरे दो दिन की बात है सहर जाना और आना है बस।"

जब तक अपनी बात पूरी कहता, सहर जा चुकी थी। सहर की नाराज़गी फ़िरोज़ को अलग और दिलचस्प लग रही थी।

यह तो वही बात हो गई, कि ज़रा-सा छूटने का ख़याल किसी के होने का बड़ी तेज़ी से अहसास दिलाता है। सहर अब फ़िरोज़ को जीना सीख गयी थी।

कदमों में नहीं उसकी साँसों में ज़ंजीर होती है।

एक लड़की का जीना, एक हादसे को जीने से कम नहीं। उसके सपने, उसकी चाहत, उसकी उम्मीदें, उसकी ज़मीन, उसका यक़ीन, उसका सब कुछ... उसका सब कुछ ही...वो सोच सकती है लेकिन उसका सांचा हर बार कोई और तय करता है। हर बार कोई और उसके सपने का रंग बदल देता है। हर बार कोई उसकी चाहत के मंजर उससे दूर कर देता है। हर बार और उसकी हसरत को दफ़न कर उसे एक दूसरी ज़िन्दगी पूछे बिना दे देता है और हद ये है कि हर बार वो उसे ही ज़िन्दगी समझकर, अपना नसीब समझकर जीने लग जाती है, उसी को प्यार करने लग जाती है और उसी में अपने नए सपने और नई उम्मीदें संजोने लग जाती है।

ये 'कोई' जो एक लड़की के जीने के सांचे या पैमाने तय करता है, वो 'कोई' उस लड़की के क़रीब किसी भी रिश्ते की शक्ल-सूरत और नाम के मैं और आप के सिवाय कोई और नहीं है।

नई सड़कों पर ये पुराने मकान कभी-कभी नए लिबास तो पहन लेते हैं, लेकिन बुनियाद की नमी और कमी का अन्दाज़ा उन्हें बराबर रहता है और ये अन्दाज़ा उनकी उड़ान बल्कि उनकी हर तरह की उड़ानों में अपनी छोटी-सी ज़मीन और छोटे से आसमान के पत्थर परों में बांधे हुए उड़ता है।

कोई भी और किसी भी एक लड़की से पूछ लीजिए और अगर उसने

सच कहा तो यही कहेगी कि एक चट्टान उसके भीतर अब भी टूट रही है और एक बाक़ी भी है। अब भी एतराज़ों से भरी बेएतराज़ नज़र आनेवाली शय लड़की है।

"मंजर बदलेगा ज़रूर और इसे बदल भी जाना चाहिए।"

कुछ ही देर में फ़िरोज़ और मुख़्तार चाचा अलीगढ़ के लिए निकलने वाले थे।

फ़िरोज़ ने अतहर को ख़ासतौर पर कहा था कि वो घर का ख़याल रखेगा। उन्हें आगरा होते हुए अलीगढ़ पहुँचना था और फिर इसी रास्ते से वापस भी आना था। कुल मिलाकर पाँच-सात दिन लगने वाले थे।

"आपने तो कहा था कि बस तीन दिन ही लगेंगे?"

सहर ने फ़िरोज़ से शिक़ायत की।

"हाँ वहाँ तीन दिन लगेंगे और आना-जाना भी तो तीन दिन का ही है।"

जाने से पहले फ़िरोज़ ने बच्चों को चूमा और जाने से पहले मुड़कर देखा।

"जल्दी आना, मैं इन्तज़ार करूंगी।"

सहर के लहज़े में मुहब्बत थी, इतनी कि फ़िरोज़ को रोक लेती।

"हाँ।"

इससे पहले कि कमज़ोर हो, फ़िरोज़ ने एक नज़र सहर को देखा और बैग लेकर बाहर आ गया। अतहर टैक्सी लेकर आ चुका था। मुख़्तार चाचा बैठ चुके थे। फ़िरोज़ आया और वे स्टेशन के लिए रवाना हो गए।

40

एस-2 में सात और आठ नम्बर की सीट थी।

मुख़्तार चाचा और फ़िरोज़ भोपाल रेलवे स्टेशन से अलीगढ़ के लिए निकल चुके थे। सामने वाली बर्थ पर एक शर्मा परिवार सफ़र कह रहा था। वे अलीगढ़ से दो स्टेशन पहले ही उतरने वाले थे। उनकी चार साल की एक बच्ची भी साथ थी। खूब बातें करती और उधम भी ख़ूब।

"माफ़ कीजिएगा आपको अगर कुछ परेशानी हो रही हो। ये बहुत शैतानियाँ करती हैं" शर्माजी ने बहुत शालीनता से कहा।

"अरे भाई साहब आप भी, क्या बात कर रहे हैं। इतनी प्यारी बच्ची है आपकी और तो और हमें तो ख़ुशी है कि आप लोगों के साथ है सफ़र। इस बच्ची की वजह से और भी ख़ूबसूरत हो जाएगा।"

फ़िरोज़ ने मुस्कराते हुए बच्ची से उसका नाम पूछा।

"आपका क्या नाम है बेटा?"

"नंदिनी भी है और मानसी भी है। मम्मी मानसी कहती हैं और पापा नंदिनी। मैं दोनों की बेटी हूँ न, इसीलिए दो नाम हैं मेरे।"

शर्माजी और उनकी पत्नी दोनों हँसने लगे। मुख़्तार चाचा और फ़िरोज़ भी बहुत प्यार से उसे देखकर मुस्करा रहे थे।

"और आपका नाम क्या है अंकल?"

"देखिए तो कितनी शैतान है ये नंदिनी।" नंदिनी की माँ ने उसे आँख दिखाते हुए कहा।

"बेटा मेरा नाम फ़िरोज़ है।"

फ़िरोज़ ने मुस्कराते हुए नंदिनी से कहा।

अब नंदिनी और फ़िरोज़ बहुत सारी बातें करने लगे थे। वो फ़िरोज़ से घुल-मिल गयी थी।

सफ़र लम्बा था। दोपहर का खाना खाने के बाद सब अपनी-अपनी जगह आराम कर रहे थे। आधे जागे, आधे सोए। नंदिनी भी कुछ देर तक चाभी वाली गुड़िया से खेलती रही और बाद में उसी को हाथ में लिए हुए सो गयी।

ये भी गज़ब का फ़लसफा है जो आज तक बरक़रार है कि चलती-दौड़ती गाड़ियों में, बस में और रेल इत्यादि में इन्सान रुक जाता है और ख़ुद के साथ हो लेता है।

रफ़्तार में ही ठहराव आता है। हद है ना कि ठहरी हुई चीज़ों को ये ठहराव भी मयस्सर नहीं होता।

सफ़र में इन्सान सबसे ज़्यादा अपने साथ होता है। ख़ुद के साथ उसकी बहुत बात होती है। सवाल-जवाब होते हैं और नई-पुरानी बातों की यादों के मचान पर रखा कोई गट्ठर सामने आकर बिछ जाता है और फिर हम उसमें से खिलौनों सरीखे किसी भी बात को उठाकर दोबारा देखते-सुनते हैं, उसे उलट-पलट कर हर तरफ़ से समझते हैं।

फ़िरोज़ खिड़की से बाहर पीछे छूटते हुए पेड़ों, पहाड़ों, खेतों, गांवों और भी सब देख रहा था। दूर जाती हुई चीज़ों को देखने का सुकूँन और डर दोनों अलग ही होते हैं, फ़िरोज़ गए दो बरस के सफ़हों को बारी-बारी से पलट रहा था। नसरीन का आना और ऐसे चले जाना। इरफ़ान और अयान, शमीन और फिर सहर, कितना तेज़ हुआ सब कुछ। हर बार सम्भलने से कितने पहले ही बड़ी लड़खड़ाहट। जो जीना चाहा, वो छूट गया और जो अब है, उसकी चाहत तक से डर।

अचानक चार पुलिसवाले एक साथ एक स्टॉप से बोगी में चढ़ गए। सबके चेहरे पर तनाव था और वे पूरी मुस्तैदी के साथ पूरी बोगी में घूम रहे थे, विशेष रूप से दोनों तरफ़ के दरवाज़ों पर दो-दो पुलिसवाले तैनात हो गए। दिन का वक़्त था, लगभग सब के सब जाग गए और किसी आने वाले ख़तरे के ख़ौफ़ से सहम गए।

पूछताछ से मालूम चला कि हिन्दू-मुस्लिम दंगे भड़क गए हैं और जिस रास्ते से ट्रेन गुज़र रही है, वो जगह सबसे संवेदनशील है। अगले जिस स्थान पर ट्रेन को रुकना था, नहीं रुकी बल्कि उसकी रफ़्तार तेज़ हो गयी। जवानों की हलचल बढ़ गयी थी।

बाहर से पथराव होने लगा और ट्रेन के कई शीषे टूट गए...ट्रेन की रफ़्तार और तेज़ हो गयी थी। बुज़ुर्ग और महिलाएं घबराने लगीं और बच्चे उन्हें देखकर रोने लगे।

कुछ ही देर में ट्रेन के रुकने से लोगों की साँसें रुक गयीं।

दहशतगर बोगियों में तलवारें लेकर चढ़े और अपने मज़हब के नारे लगाते हुए लोगों को लहूलुहान करने लगे। वे बिना देखे-जाने लोगों पर तलवारें चलाने लगे। चादर ओढ़कर सो रहे मुख़्तार चाचा समेत शर्मा दम्पती का क़त्ल कर दिया गया।

फ़िरोज़ ने कुछ मुकाबला किया पर कब तक करता।

फ़िरोज़ निहत्था लड़ता रहा, पहले तो तलवारें उस पर जमकर भांजी गयीं लेकिन दो-चार वार करने के बाद अपना कहकर छोड़ दिया। फ़िरोज़ बुरी तरह घायल था। उसने बर्थ के नीचे सिसक रही नंदिनी को अपनी गोद में ले लिया। कुछ दंगाइयों ने फ़िरोज़ को धक्का देकर बोगी से बाहर कर दिया। जैसे ही फ़िरोज़ को उन लोगों ने ट्रेन से बाहर फेंका, नंदिनी रोते हुए चिल्लाई।

"पापा-मम्मी, पापा...मुझे उनके पास जाना है फ़िरोज़ अंकल...मुझे पापा के पास जाना है, मम्मी...पापा..."

सुनते ही कुछ हमलावर तेज़ी से उसे पहचानते उस तरफ़ दौड़े और उस मासूम आवाज़ का क़त्ल करने के लिए तलवारें बरसा दीं। फ़िरोज़ ने आख़िरी साँस तक नंदिनी को बचाने की कोशिश की लेकिन पीछे से एक तलवार सामने पेट पर ही दिखाई दे सकी। फ़िरोज़ अब ज़मीन पर पड़ा था और नंदिनी की एक तेज़ चीख के साथ उसकी साँस भी तलवारों की खच्च-खच्च और नारों के उन्माद में गुम गयी।

चाभी वाली गुड़िया अब भी चल रही थी और उसके सिर पर तलवार से लहू टपक रहा था।

ख़ूनख़राबा करने वाले फिर एक धरती की कोख़ उजाड़कर जा चुके थे और उसके आंचल से दूध नहीं, लहू बह रहा था। न जाने किस मज़हब की प्यास था ये लहू? न जाने किस क़ीमत की किश्त थी ये लाशें? न जाने अब रोने वाली माँ, बहन, बीवी, बेटा या भाई की रूह का मज़हब क्या होगा?

आख़िर हर दौर में हर मज़हब इन्सान का लहू क्यों बहाता है?

लाशों के बीच एक और सवाल ज़िन्दा बच गया, नंदिनी का अन्जान बचपन का धर्म क्या था? वो किस मज़हब की आवाज़ थी जिसका क़त्ल हो गया?

कहीं से कोई एक तलवार आकर इस सवाल का भी क़त्ल कर दे।

41

दो लाशों के बीच बैठी सहर की गोद में दो दुधमुँहे बच्चे थे।

हर एक साँस के साथ उसकी ज़िन्दगी ऊपर-नीचे हो रही थी।

अब सामने फिर वही मीलों फैला सुनसान अन्धेरा था जिसे वो मुद्दतों से जी रही थी। रास्ते वापस फिर उसे वहीं ले आए थे जहाँ से वो चली थी। दोबारा इश्क़ करने की कुव्वत किसी के बस में नहीं। उसने उसकी भी कोशिश की थी।

दरवाज़े के सामने अब दो जनाज़े तैयार थे रुख़सती के लिए। अपने तमाम ताल्लुक़ातों से बेवास्ता। अपने छोटे से दामन में कितना कुछ एक साथ सम्भाले हुए सहर जिस दहलीज़ पर खड़ी थी, उसके दोनों तरफ़ अब दर्द बिखरा था।

जाने वालों ने सब ठहरा दिया था। ठहरे हुए लोगों के सामने से रास्ते उड़ रहे थे और उन पर चलने का हुनर उनके पाँव खो चुके थे। अब आँखें हर तरफ़ से हारकर वापस आ रही थीं, उस पर जो अब था ही नहीं। अब उसके दर्द का पहलू था और वो भी बेज़मीन मगर कोसों फैला हुआ।

हादसा होना केवल हादसा ही नहीं होता। हादसे के बाद की ज़िंदगियाँ और उनकी चुप्पियाँ हादसा होती हैं जो ज़िन्दा रह जाती हैं। हर पल की मौत को जीने के लिए। यहाँ मौत क़िश्तों में आकर ज़िन्दगी का हिसाब चुकता करती है और फिर हर बार आकर थोड़ा-थोड़ा मारकर चली जाती है। हिस्सों और छोटे-छोटे हिस्सों में ख़ुदकुशी ज़िन्दगी को मौत के सुकूँन से भी बेदख़ल कर देती है।

फ़िरोज़ सब कुछ वीरान कर गया। घर अब डराने लगा था। आसानियों

ने तेवर बदल लिए। वे अब पेचीदा हो गयी थीं।

कुछ ही वक़्त में 'परवरिश' की परवरिश भी कठिन होने लगी। आसरा देनेवाले बेआसरा होने लगे। मगर जीना था तो जी रहे थे।

दरवाज़े पर स्कूटर की आवाज़ से अतहर भाई के आने की ख़बर उससे पहले आ जाती थी। सहर ने दरवाज़ा खोला। अतहर के हाथों में दूध पाउडर के दो-डब्बे और राशन का कुछ सामान था।

"भाभीजान ये लीजिए। किसी और चीज़ की ज़रूरत पड़े तो इत्तिला कर दीजिएगा और फिर शाम को तो मैं आऊंगा ही।"

"जी अतहर भाई।"

सहर ने अतहर से सामान लेते हुए कहा।

"अच्छा तो अभी इज़ाजत दीजिए। गैराज जाना है, ख़ुदा हाफिज़।"

सहर जानती थी कि फ़िरोज़ के बाद अतहर भाई अकेले पड़ गए हैं और काम भी ज़्यादा हो गया है। इसीलिए उसने उन्हें रोका नहीं।

फ़िरोज़ और मुख़्तार चाचा के इन्तक़ाल के बाद अतहर रोज़ सुबह-शाम एक बार आकर ख़ैरियत-ज़रूरत ज़रूर पूछ जाता था। हर तीन-चार दिन में बच्चों के दूध पाउडर के डिब्बे लाने ही होते थे। सहर के लिए ये गुणा-भाग नया नहीं था लेकिन इरफ़ान और अयान इसके असर में न आ जाएं, यही उसका डर था।

सहर सुबह से शाम तक स्कूल में काम करती थी और फिर शाम को कुछ बच्चों को घर में पढ़ाती थी, महीने के हज़ार रुपये तक हो ही जाते थे। अब आबिदा और विमला ही परवरिश की देखभाल करते, बाक़ी दो अन्य औरतों ने काम छोड़ दिया था।

42

सहर रिसेप्शन छोड़ने से पहले सब ज़रूरी कागज़ात अच्छे से रखते हुए उठी और कुछ सोचते हुए वापस वहीं बैठ गयी।

"अरे सहर बेटा आज अभी तक रुकी हुई हो?"

स्कूल में सात वर्षों से गेट पर सिक्यूरिटी देख रहे उस्मान ने घड़ी देखते हुए कहा।

"हाँ! जा ही रही थी।"

सहर कहते हुए उठी।

"ख़ुदा हाफिज़।"

"ख़ुदा हाफिज़ बेटा।"

उस्मान ने मुस्कराते हुए जवाब दिया।

सहर रिसेप्शन से बाहर आई और ठीक सामने की सड़क के उस तरफ़ जाकर खड़ी हो गयी।

अब उसे लेने आने वाला जा चुका था।

हरे सलवार-कुर्ते में काले दुपट्टे से सिर ढँके हुए सहर बस या तांगे का इन्तज़ार कर रही थी। सामने से गाड़ियाँ आ-जा रही थीं। हर बार दूर तक सहर की निगाह दौड़कर जाती और बस या तांगे की खोज करके लौट आती लेकिन इस बार उसकी निगाह ने जैसे ही अपने कॉलेज की वही पुरानी बस देखी तो सहर के बिना पूछे उस पर बैठकर कॉलेज चली गयी।

चार साल का पूरा मंज़र सहर की निगाहों में झूलने लगा।

कॉलेज बस से कॉलेज जाना, स्कूल बस में आना-जाना, अमन, कॉलेज का माहौल, दोस्त, वो तब का सोचना-समझना, सपने, उम्मीदें...सब उड़ता हुआ उसके भीतर से गुज़र गया था। कई बार हमसे गुज़रने वाली चीज़ें हमें साथ ले जाती हैं और कई बार छोड़ देती हैं। ये दोनों हालात इन्सान को बेख़ुद कर देते हैं, पर सबसे ज़्यादा तक़लीफ तब होती है जब हमसे गुज़रने वाली चीज़ें न हमें साथ ले जाती हैं और न हमें छोड़ती हैं, बल्कि आधा-आधा आज और कल में बांट देती हैं।

वक़्त ग़ज़ल की शक़्ल में सहर के चेहरे में दिखने लगा

मैं शाम को जब भी घर जाती हूँ,
दहलीज़ तक जाकर ठहर जाती हूँ।
तेरे बिना कल जीना है मुझको,
ये सोचती हूँ तो डर जाती हूँ।

सहर इसी आधे कल और आधे आज के बीच थी।

एक टैक्सी सहर के बहुत पास आकर रुक गयी।

सहर अब आज में थी और उसके सामने उसका कल खड़ा था।

अपने सामने अमन को देखकर सहर अब तक जैसे इसी गुमान में थी कि वो अब भी पूरी कल में ही है।

"बैठो सहर।"

टैक्सी का गेट खोलकर अमन ने हाथ से इशारा करते हुए कहा। उसकी आँखें जैसे रोकर आ रही थी और भी रोना चाहती थीं।

"अरे अमन तुम कब आए?"

सहर को यक़ीन नहीं हो रहा था।

"बैठो सहर।"

अमन की आँख डबडबाने लगीं।

सहर नहीं चाहती थी लेकिन फिर भी टैक्सी में बैठ गयी।

"भाई साहब बड़ी झील।"

टैक्सीवाले को अमन ने कहा और सामने देखने लगा।

सहर अमन को देख रही थी और अमन बस सामने देख रहा था।

"कैसे हो अमन? कब आए भोपाल? कब तक रुकोगे? किस-किस से मुलाक़ात हुई?" ऐसे बहुत से सवाल सहर ने पूछे लेकिन अमन ख़ामोश रहा। वो अब भी सामने देखे जा रहा था। उसके आँसू बह रहे थे और वो उन्हें अपनी बांहों से पोंछता जा रहा था। अमन को देखकर सहर के आँसू बहने लगे और उसके सिसकने की आवाज़ सुनते ही अमन ने किसी बेबसी से उसकी तरफ़ देखा। बड़ी झील आ चुकी थी।

अमन और सहर अलग-अलग सिरे से उतरे। अमन ने टैक्सीवाले को किराया दिया और वो दोनों सड़क पारकर झील के किनारे के उसी पत्थर पर बैठ गए जहाँ कॉलेज के आख़िरी दिन आकर बैठे थे।

अमन जाकर पत्थर पर बैठ गया। वो रो रहा था। सहर बैठी नहीं थी और वो कुछ आगे जाकर किनारे के क़रीब हाथ बांधकर खड़ी हो गयी। जिस रिश्ते के सामने वो खुलकर रो सकती थी, उसने उसे सात माह पहले ही अपने भीतर ही किसी क़ब्र में दफ़न कर दिया था।

"बहुत कुछ हमारे हिस्से छोड़ गयी थी नसरीन आपा, जिसे जीना था हमें लेकिन इस तरह और ऐसे रेज़ा-रेज़ा जीना होगा...कभी नहीं सोचा था हमने।"

हाथों से आँसू पोंछकर पलटती है।

"खैर...तुम कैसे हो अमन?"

"तुमने मेरा बहुत दिल दुखाया है सहर, इतना सब कुछ हो गया और तुम मुझे एक ख़त भी नहीं लिख सकती थीं।"

उसकी आवाज़ भीगी थी आँसुओं से।

"क्या बताती और क्या लिखती? अपना-अपना मुक़द्दर है अमन, ख़ुद को ही जीना होता है। कोई किसी का गम नहीं जी सकता...जिसकी आँख का आँसू है, उसकी आँख से बहता है।"

सहर की बड़ी-बड़ी निगाहों की कोरों से आँसू झांकने लगे।

"आज तुम अपना-अपना कहाँ से ले आईं सहर? 'हमारा' कहाँ गुम हो गया?"

अमन की निगाह भी उसके लफ़्ज़ दोहराने लगी।

“आज हम वो सहर नहीं हैं अमन जो तुम छोड़ गए थे। अब जो सहर तुम्हारे सामने खड़ी है, उसकी ज़िन्दगी में उसके ऐतबार का कुछ भी नहीं है।”

“मैं दूँगा तुम्हें वो ऐतबार सहर...”

अमन की ज़िद थी सहर।

“तुम यहाँ अकेले हादसों को जीते रहीं और मैं वहाँ, मुझे एक बार बता तो देती सहर।”

सहर के क़रीब खड़ा होकर अमन उसकी तरफ़ देख रहा था।

“कैसे और कितना बता पाती अमन?”

सहर कमज़ोर होने लगी लेकिन अगले ही पल जैसे ख़ुद को सख़्त करते हुए बोली, “शायद ऐसे ही जीना तय था तो ऐसे ही जीना पड़ रहा है, इसीलिए अब तो बेहतर है इस मसले को यहीं छोड़ दिया जाए।”

“किसे छोड़ दिया जाए सहर? तुम्हें? और तुम किसे मसला कह रही हो सहर?”

अमन के लफ़्ज़ों में वक़्त छुपकर सहर तक आया लेकिन सहर को इसी वक़्त ने हादसों को सहना सिखा दिया था।

“मुझे छोड़ने को कह रही हूँ अमन और मसला भी मैं ही हूँ। मेरी बात मानो बेकार की ज़िद से आज तक किसी को कुछ हासिल नहीं हुआ है अमन।”

“वही मैं तुम्हें समझाने की कोशिश कर रहा हूँ सहर कि अपनी बेकार की ज़िद में ख़ुद को ऐसे तबाह मत करो, बहुत ख़ूबसूरत और हसीन ज़िन्दगी हमारा इन्तज़ार कर रही है सहर, कुछ भी नहीं बदला है सहर।”

अपने दोनों हाथों से सहर को पकड़ते हुए अमन ने कहा।

अमन ने आज पहली बार सहर को छुआ था।

अमन ने सहर के हाथों को पकड़ा था लेकिन सहर को लग रहा था कि अब उसकी रूह तक अमन की गिरफ्त में है और वह इस गिरफ्त से

आज़ाद भी नहीं होना चाहती।

"सब ख़्वाबों की बातें हैं ये अमन। हकीक़त की ज़िन्दगी के तसव्वुर से ही दम तोड़ देती हैं। जो जा चुका, वो जा चुका। आगे बढ़ो अमन, बहुत फ़र्क है सपनों की दुनिया और दुनिया की हकीक़त में।"

जैसे अपनी रूह को वापस छुड़ाकर मुट्ठी में बांध दिया था सहर ने।

"मेरे लिए दोनों के मायने बस तुम हो सहर।" अमन लगातार सहर की आँखों को देख रहा था।

"ज़िन्दगी में कुछ न कुछ छोड़कर तो आगे बढ़ना ही होता है न अमन। तुम अपने लिए बढ़ो अमन और सच तो यही है कि बहुत कुछ छूट जाने और छोड़ देने के लिए ही मिलता है हमें।"

"अपने आपको इतना मज़बूत क्यों दिखा रही हो सहर?" सहर के कन्धों पर अमन के हाथ लगातार चीख रहे थे।

"अपनी चमकदार सुबह में मेरे स्याह वक़्त को शरीक़ मत करो अमन। मुझे डर लगता है कहीं वो भी काली न हो जाए।"

"मेरी कोई भी सुबह तुम्हारे बिना सुबह नहीं है सहर।"

"ये समाज, ये समुदाय, किस-किस से लड़ोगे अमन? तुमने लड़ भी लिया तो मुझमें इतनी ताक़त नहीं बची है कि मैं लड़ सकूँ।"

सहर अब अमन के हाथों में पिघलने लगी थी।

अमन के पुख़्ता इरादे थे। वो किसी भी सूरत में सहर को ऐसे जीते नहीं देख सकता था।

"मुझे इसी समय अम्मी से मिलना है सहर, चलो।"

अमन ने सहर का हाथ पकड़ा और उसे ले जाने लगा, बिना कुछ कहे, सहर अमन के पीछे चलती जा रही थी।

सूरज अपनी धरती के पास उतरता हुआ; उस पर पिघलने लगा था। धरती अपने लाल दुपट्टे को दोनों सिरों से पकड़कर हाथों में भर फैलाने लगी और सूरज धीरे-धीरे थका हुआ उसके आगोश में छुपने लगा।

43

दस्तक के साथ ही आबिदा ने दरवाज़ा खोला।

सामने सहर के साथ आबिदा की निगाहों ने एक अजनबी को देखा। सहर को देखते हुए आबिदा दरवाज़े से हटी और दोनों भीतर आ गए। आबिदा ने दरवाज़े की सांकल नहीं लगाई, बस दोनों हिस्सों को मिला दिया।

अमन को सोफे पर बैठाकर आबिदा की सवाली निगाहों ने सहर को भीतर बुला लिया। जाते-जाते सहर ने फिर अमन को देखा और अमन की निगाहें उसे सब कुछ कह देने के लिए कह रही थीं।

इस बार नवम्बर ही कोट-मफ़लर पहनकर आया था। शाम काँपते हुए जल्दी से घर जाने लगी थी और रात भी काला कम्बल ओढ़कर आठ-नौ बजे तक सो जाती। साढ़े आठ बज रहे थे। अमन चाय पीकर सोफे पर ही बैठा हुआ था। जो आवाज़ आ रही थी, बाहर से कीटों की ही आ रही थी।

बीच-बीच में बच्चों के रोने की आवाज़ आ रही थी जो अब बंद हो चुकी थी। बच्चे सो चुके थे अब।

"हाथ धो लो अमन, मैं खाना लगा रही हूँ।"

सहर अंदर जाने के बाद अब बाहर आई थी। अमन उससे पूछना चाहता था कि उसने अम्मी को सब बताया या नहीं। सहर का चेहरा उसे कोई जवाब नहीं देना चाहता था।

आबिदा सिर नीचा झुकाए रोटियाँ सेंक रही थी। सहर ने थाली परोस दी। अमन पास ही एक पटिये पर बैठ गया और सामने दूसरे पटिये पर उसकी थाली रखी थी। सहर आई और लोटे और गिलास में पानी रखकर

सामने खड़ी हो गयी। सारे माहौल में चुप्पी छाई हुई थी।

"अम्मी मैं सहर से शादी करना चाहता हूँ।"

अमन ने रोटी का एक टुकड़ा तोड़ा और कौर मुँह के पास तक लाकर उसे वापस थाली में रखते हुए आबिदा से कहा।

अमन की आवाज़ सन्नाटे को चीर गयी। सहर, आबिदा को देखने लगी। आबिदा अब भी सिर झुकाए रोटियाँ बना रही थी।

"अम्मी मैं सहर से..."

"वो अब लड़की नहीं, औरत है। दो बच्चों की माँ है वो और बेवा भी।"

अमन की बात के ऊपर से आबिदा के लफ़्ज़ ज़ंग के नशे में चूर किसी लश्कर सरीखे गुज़र गए। सहर ने एक पल अमन को देखा और आँखें झुकाते ही उसके आँसू गिरने लगे।

तेज़-आवाज़ के गुज़र जाने के बाद सन्नाटे अक्सर गहरा जाते हैं और पहले से ज़्यादा बोलने लगते हैं।

दरवाज़े पर दस्तक हुई और फिर जब तक सहर पहुँचती, अतहर खुला दरवाज़ा होने पर दो कदम भीतर आ चुका था।

अतहर ने हौसला देने वाली मुस्कान से सहर को चुपचाप सलाम किया और दोनों भीतर चले गए।

अमन और अतहर दोपहर में मिल चुके थे।

अतहर ने अमन को बुलाया था। कुछ दिन पहले अमन की चिट्ठी आई थी लेकिन पता बदलने के कारण सहर तक नहीं पहुँच सकी और यूनुस भाई ने चिट्ठी अतहर को दे दी कि वो उसे सहर को पहुँचा दे, लेकिन फ़िरोज़ के मामले की कोई बात जानकर अतहर ने चिट्ठी पढ़ ली थी। अतहर सहर को भाभीजान ज़रूर बुलाता था लेकिन उसे अपनी छोटी बहन भी मानता था। वो उसकी खुशियां जैसे भी हो, उसे लौटाना चाहता था। इसीलिए उसने सहर को बिना बताए अमन को चिट्ठी लिखकर बुलवा लिया।

अतहर सहर के सामने पड़ी सारी ज़िन्दगी के लिए सब कर रहा था। उसकी ख़ुशी के लिए सब कर रहा था क्योंकि वो जानता था कि फ़िरोज़ की रूह जहाँ भी होगी, यही चाहती होगी।

अतहर को देखकर अमन उठने लगा।

"खाना खाते वक़्त उठना नहीं चाहिए भाई। आप बैठे रहिए।"

अतहर ने अमन को रोकते हुए कहा। दोनों के अन्दाज़ में बिल्कुल भी अजनबियत नहीं थी। सहर हैरत में थी पर इस हैरत में उम्मीद थी और अपनापन भी।

"अतहर भाई आपके लिए भी थाली लगा देती हूँ।" सहर बोलते हुए थाली लगाने जाने लगी।

"नहीं, मैं खाना खा चुका हूँ भाभीजान।"

अतहर ने सहर को रोका। आबिदा फिर चुप थी।

अब अतहर के आने के बाद अमन अपने को मजबूत महसूस करने लगा था।

"अम्मी मैं सहर से शादी करना चाहता हूँ।" अमन अब थाली छोड़कर आबिदा के सामने था।

"कैसे मुमकिन होगा मेरे बच्चे, कौन जीने देगा तुम्हें ये ज़िन्दगी? किसकी ज़रूरत नहीं होगी बेटा? हममें और हमारी ज़िन्दगी में सिवाय दहशत के कुछ नहीं बचा है बेटा।" आबिदा की बेबसी फूट पड़ी।

"उसकी ज़िम्मेदारियां हैं अमन जिन्हें उसी ने चुना है। वो चाहे भी तो उनसे नहीं भाग सकती बेटा।"

"किसी ज़िम्मेदारी से कोई नहीं भाग रहा अम्मी। मैं सहर को सारी ज़िम्मेदारियों के साथ स्वीकार करूंगा, हम मिलकर निभाएंगे उन्हें।" अमन ने आबिदा को सम्भालते हुए कहा।

"अम्मी फ़िरोज़ भाई और बच्चों के लिए भाभीजान अपना फ़र्ज़ निभा चुकीं, अब उनके लिए अपना फ़र्ज़ निभाने का वक़्त है। अम्मी जब ये भाभीजान को ज़िन्दगी देना चाहता है, उन्हें दोबारा जीना सिखाना चाहता है

तो इससे अच्छी बात हमारे लिए क्या हो सकती है। हमें तो शुक्रगुज़ार होना चाहिए इसकी चाहत का जो इतनी पाक़ और सच्ची है, सच कहूँ तो अमन फ़िरोज़ भाई जैसा ही नेक इन्सान है अम्मी।"

अतहर की बातें आबिदा को बुनियाद दे रही थीं जिस पर वो इस रिश्ते के लिए खड़ी हो सके।

"मेरी ट्रेन का समय हो रहा है अम्मी। मैं दो दिसम्बर को आऊंगा। आप बच्चे और सहर तैयार रहिएगा। हम सब दिल्ली में ही रहेंगे।"

आबिदा अमन को देख रही थी।

"परवरिश की आप कोई फ़िक्र मत कीजिए अम्मी। मैं हूँ यहाँ उसकी देखभाल के लिए।" अतहर ने बात को आगे बढ़ाते हुए कहा।

आबिदा ने सहर को देखा। उसमें एक बार फिर जीने की हसरत थी।

"अतहर भाई समय हो रहा है, हमें निकलना चाहिए।"

"हम्म।"

अतहर स्कूटर के पास पहुँचकर उसे चालू करने लगा।

"अम्मी अपना ख़याल रखिएगा। मैं जल्दी आऊंगा।" जाते हुए अपना बैग लेकर अमन ने आबिदा के पैरों को छूते हुए कहा।

आबिदा ने अमन के सिर पर हाथ फेरा और उसका दिल कहने लगा कि, 'बेटा बहुत जल्दी आना।'

जाते समय अमन ने सहर को देखा और चला गया। अमन की उस एक निगाह से सहर हस्सास हो गयी।

स्कूटर के जाने की आवाज़ के साथ सहर और आबिदा की उम्मीद सफ़र के लिए रवाना हो गयी।

44

अमन को दिल्ली गए हुए आधा हफ्ता ही हुआ था, लेकिन यह समय जैसे आधी सदी के समान गुज़रा था।

उम्मीदें ज़िंदगी में जिस भी वक़्त और जिस भी मौक़े पर दस्तक दें जीने का दम भर जाती हैं। मगर ये भी गज़ब ही है कि इन उम्मीदों का दामन दिल से छुटता और पकड़ाता दिखाई देता है।

उम्मीद दर्द की कोख़ से ही जन्मती है अक्सर।

दरअसल इन्तज़ार सहन नहीं होता।

एक मुद्दत के बाद जब सहरा को बारिश की पहली बूंद मयस्सर होती है तो उसके मायने उसके लिए किसी समुंदर से भी ज़्यादा होते हैं। उसकी सदियों की प्यास उस बूंद में समा जाती है। उसकी रूह तक उससे भीग जाती है और एक जज़्बा कायम हो जाता है उसमें, फिर सदियों तक प्यास से लड़ने के लिए।

एक बार फिर जीने की कोशिश करने लगी सहर। फिर से सपने। फिर से उम्मीद। फिर से ख्वाहिश। फिर से आसमान।

छह साल तक बुत बने अमन का इन्तज़ार का सब्र रखने वाली सहर के लिए आज छह घंटे का वक़्त चट्टान से भारी लग रहा था। वक़्त न ही कट रहा था और न ही हट रहा था। पिछले आधे घंटे में रिसेप्शन पर बैठी सहर जाने कितने बार घड़ी देख चुकी थी। दरअसल उससे अब इन्तज़ार सहन नहीं हो रहा था।

आज तारीख़ दो दिसम्बर थी। आज अमन आ रहा था। ट्रेन रात नौ बजे पहुँचने वाली थी।

चार बजते ही सहर रिसेप्शन से उठी और रास्ते के दूसरी ओर जाकर खड़ी हो गयी और बस की राह देखने लगी।

अयान और इरफ़ान का सारा सामान रख लिया। अम्मी की ज़रूरी चीज़ें भी रख लीं। अपना एक बैग, कई पैकिंग बाक़ी हैं। विमला दीदी को बड़ी आलमारी की चाभी देनी है। अतहर भाईजान को पेटी से ज़रूरी कागज़ात निकालकर देने हैं जैसे सारे काम की फेहरिश्त सहर के दिल-दिमाग़ में बन रही थी।

और इन सबके बीच अमन का बेसब्री से इन्तज़ार।

आज तो वो एक बार फिर अपने ख़त के एक हिस्से को जी रही थी -

एक वक़्त तय है जब तुमसे मिलने का,
ऐसा करती हूँ तब तक मर जाती हूँ,

सहर अब बस में बैठ चुकी थी और चलते रास्तों को देख रही थी। वो रोज़ ही इन रास्तों से गुज़रती थी लेकिन आज सब कुछ छूटते लग रहे थे। वो सोच रही थी कि जाने अब इन रास्तों को कब देखूंगी। सब कुछ गौर से देखते हुए सहर घर के सामने वाले स्टॉप तक पहुँच गयी थी।

वही मोहल्ला, वही घर-मकान, वही दरो-दीवारें, वही जाने-पहचाने चेहरे, वही मस्ज़िद और उसकी सीढ़ियाँ, पाँवों के नीचे की वही ज़मीन, सिर के ऊपर का वही आसमान, सब कितना अपना लग रहा था। सबका सब रोज़ की ज़िन्दगी का हिस्सा...

शाम भी बिल्कुल रोज़ाना जैसे बाज़ारों में रौनक बिखेरती हुई बढ़ रही थी। नुक्कड़ों में वही गुमटियों के महकते-मुस्कराते किस्सों का किस्सा, बच्चों का सड़कों पर वही हर दिन का खेलना, लोगों की आवाजाही का वही अफ़सानों-सा आलम, सब वही...

शाम जब सब समेट कर रात को देकर चली गयी तो रात भी आज जल्दी सोने जाने लगी। दिनभर की जद्दोजहद कर दो वक़्त की रोज़ी-रोटी कमाने वाले अपने रोज़गार से वापस अपने आशियाने की तरफ़ लौटने लगे।

आज की तारीख़ का दिन गैर दिनों जैसा ही था।

अतहर, सहर और विमला ने मिलकर सारे साथ ले जाने वाले सामान की तैयारी कर ली थी लेकिन अमन की ट्रेन तीन घंटे लेट थी।

"भाभीजान मैं बारह बजे अमन भाई को स्टेशन से लेते हुए आऊंगा। अभी चलता हूँ, ख़ुदा हाफिज़।"

"जी अतहर भाई, ख़ुदा हाफिज़।" सहर ने मुस्कराते हुए अतहर से कहा।

अभी नौ ही बजे थे लेकिन सहर अयान और इरफ़ान के पास बैठी अमन की राह देख रही थी।

45

भोपाल की तरफ़ सहर की उम्मीद सफ़र कर रही थी।

वहाँ कोई अब तेज़ चलने लगा था। तेज़ और फिर बहुत तेज़... लोगों को अचानक उल्टियाँ होने लगीं, आँखों में इतनी जलन जैसे किसी ने मिर्च डाल दी हो... साँस लेने में तकलीफ़ होने लगी... खाँसने की आवाज़ आँसुओं से भीगने लगी... कोई कुछ समझ नहीं पा रहा था कि आख़िर हो क्या रहा है।

ट्रेन हमेशा सफ़र में रहती है। सबको उनकी मंज़िल तक पहुँचा देती है और फिर एक दूसरे सफ़र के लिए निकल पड़ती है। कुछ लोगों का मुकद्दर भी किसी ट्रेन के मानिन्द ही होता है। हमेशा सफ़र में रहता है।

आदतन ट्रेन पटरी पर बदस्तूर भाग रही थी।

कोई नहीं जानता था कि आज का सफ़र क़यामत के नज़दीक ले जाने वाला बहुतों का आख़िरी सफ़र साबित होने वाला है। नौ बजे आने वाली ट्रेन तीन घंटे लेट भोपाल पहुँची। भोपाल पहुँचते ही माहौल में अजीब-सी घुटन महसूस होने लगी। हलचल तेज़ होने लगीं। वहाँ पहले से मौजूद लोग और आए हुए मुसाफ़िर दोनों ही समझ नहीं पा रहे थे हवा ज़हरीली-सी क्यों लग रही है?

कोई अब तेज़ चलने लगा था... तेज़ और फिर बहुत तेज़... लोगों का दम घुटने लगा... लोगों को उल्टियाँ आने लगीं... आँखों में इतनी जलन, जैसे किसी ने मिर्च डाल दी हो... साँस लेने में तकलीफ़ होने लगी... खाँसने की आवाज़ आँसुओं से भीगने लगी... कोई कुछ समझ नहीं पा रहा था कि क्या हो रहा है...

अब लोग चिल्लाने लगे, भगदड़ मचने लगी, सब भाग रहे थे लेकिन किससे, कहाँ और क्यों, कोई नहीं जानता था। जो जहाँ से जगह मिले, वहाँ से भाग रहा था।

एक शोर उठा कि यूनियन कार्बाइड फैक्ट्री में फिर से कोई ज़हरीली गैस रिस गयी है।

उन दिनों यूनियन कार्बाइड की फैक्ट्री में काम करना बहुत ख़तरनाक हो गया था। फैक्ट्री की सुरक्षा-व्यवस्था बहुत लचर थी। इसकी वजह से हादसे कई बार हो चुके थे। लेकिन सियासत और रसूखवालों ने तमाम किस्म के क़ायदों को ताक़ पर रखकर इस तरफ़ से नज़र फेर रखी थी।

दिसम्बर की लहू जमा देने वाली सख़्त सर्दी में लोग जान बचाकर पागलों की तरह अपने-अपने घरों से निकलकर सड़कों पर भागने लगे... खाँसते, चीखते, उल्टियाँ करते हुए लोग गिरते-पड़ते भाग रहे थे... सीने में जलन अब पहले से ज़्यादा बढ़ गयी थी और लोगों की आँखें गैस से जल रही थीं... मुँह से झाग निकल रहा था और ज़रा से वक़्त में इन्सान लाश हो गया...

"गैस रिस गयी...भागो...भागो..."

बच्चे और आबिदा सो चुके थे लेकिन सहर अब भी अमन का इन्तज़ार कर रही थी। वो दरवाज़े के क़रीब के सोफ़े पर बैठी हुई थी। खिड़की से आए एक तेज़ शोर के बाद सहर ने जैसे ही बाहर झांका तो देखा कि लोग गैस रिस गयी, भागो, भागो...चिल्लाते हुए जान बचाते भाग रहे हैं।

सहर कुछ समझ पाती कि दरवाज़े पर अतहर ने भाभीजान-भाभीजान कहते हुए बहुत तेज़ दस्तक दी। वो चिल्ला भी रहा था और दरवाज़े को पीट भी रहा था। सहर ने दौड़ते हुए दरवाज़ा खोला। अतहर तेज़ी से अन्दर आ गया। उसकी आवाज़ उखड़ रही थी।

"सारे खिड़की-दरवाज़े बंद कर दीजिए भाभीजान, यूनियन कार्बाइड के कारखाने से कोई ज़हरीली गैस रिसी है। लोग मर रहे हैं।" अतहर बोलते जा रहा था और घर के सारे खिड़की-दरवाज़े बंद कर रहा था।

"भाभीजान बच्चों को भारी-सी रजाई से ढँक दीजिए अच्छे से।"

अतहर ने ख़ुद एक बड़ी-सी रजाई से बच्चों को ढँक दिया।

"आप इससे अपनी आँखों को ढँक लीजिए भाभीजान।"

सहर को एक गीला टॉवल देते हुए अतहर ने कहा। उसकी अपनी आँखें जल रही थीं और वो साँस नहीं ले पा रहा था।

"अतहर भाई अमन की गाड़ी अब आई होगी।"

बुत बनी सहर अतहर को देखते हुए दीवार से टिककर बैठी थी।

'या अल्लाह रहम।"

अतहर ने उखड़ती साँसों से दुआ की।

सहर की आँखों में कोई तय हक़ीकत तैरने लगी।

ज़िन्दगी के लिए रुंधते हुए गलों की आवाज़ें बढ़ती जा रही थी। सब कुछ मातम से भरने लगा।

कुछ ही समय में सड़कें लाशों से भर गयीं। ट्रेन अब अपने तय वक़्त से पूरे तीन घंटे देरी से भोपाल पहुँची और कई मुसाफिरों के आख़िरी सफ़र की गवाह बन गई।

अमन भी बुरी तरह गैस की चपेट में आ चुका था। उसकी आँखें लाल हो गयी थीं और जलन के कारण लगातार आँसू बह रहे थे। अपना सूटकेस फेंककर अमन सहर के घर की तरफ़ भागा। वो अच्छे से चल भी नहीं पा रहा था, उसका दम फूल रहा था। साँस नहीं ले सकने के कारण उसकी जान जैसे आँखों में आ ठहरी थी।

चारों तरफ़ लाशों का समुंदर बिखर गया था। बच्चे, जवान, बुज़ुर्ग, बैल, बकरी, मुर्गियां, परिन्दे...सब लाश और कुछ अधमरे-से आधी लाश बनकर मौत से भाग रहे थे लेकिन मौत से आगे कौन सी ज़िंदगी भाग सकी है अब तक, रोने, चीखने-चिल्लाने की आवाज़ों के लिए ज़मीन नहीं बची थी और आसमान अब हवाओं में मौत घोल रहा था।

लाशों के बीच से अब तक बदहवास और बेहोश-सा हो चुका अमन गिरते-पड़ते अब भी भाग रहा था। उसके दिल-दिमाग़ में सहर के सिवाय कुछ नहीं था। वो बस सहर तक पहुँचना चाहता था। कैसे भी वो बस सहर तक पहुँचना चाहता था।

अमन अब आख़िरी साँसों में था और उन साँसों का बोझा उठाने की उसकी हिम्मत नहीं बची थी। बस शायद मौत ने उसे सहर से मिलने की इज़ाजत दी होगी।

अमन अपनी मौत के साथ सहर से मिलने के लिए भाग रहा था।

ज़िन्दगी के आख़िर में सब इतने क़रीब नज़र आता है मानो उसे अभी गए पल में ही जिया हो। कॉलेज की मस्ती, सहर को छुप-छुपकर देखना, फिर अपने प्यार का इज़हार, कॉलेज का आख़िरी दिन, झील की वो शाम...वो ख़त लिखना-पढ़ना, जो नहीं हो सका, जिसे जिया नहीं जा सका, जो अधूरा रह गया, वो मौत से पहले ही टीस बन जाता है, अब तक जो मिला, उसका सुकूँन नहीं मिल सकने के दर्द को भरने के लिए ज़रा-सा लगता है और छूट जाने और छोड़ देने का मलाल रूह में फैल जाता था।

शायद ज़िस्म छोड़ते वक़्त रूह भारी हो जाती होगी।

अमन की निगाह से पूरी ज़िन्दगी कुछ लम्हों की शक़्ल में गुज़र रही थी, इनकी रफ़्तार भी उसके लड़खड़ाते कदमों से बहुत ज़्यादा थी।

"फ़कीर, अदीब सब कहते हैं कि इश्क़ किया है तो हर शक़्ल और हर तारीख़ में वापस हम तक आता है। अगर एक ज़िन्दगी में इश्क़ हासिल न हो सके तो लौट कर आता है और ख़ुद को मुकम्मल करता है। ऐसे नाहासिल लोगों को विरसे में मिलता है इश्क़ और ऐसे इश्क़ को सदियाँ कहती हैं क्योंकि सदियों की कोख़ में ही वो पनपता है। आज मैं तुमसे कह सकती हूँ कि मैं सदियों का इन्तज़ार नहीं कर सकूँगी और न मेरी रूह ही मुझे इस सब्र को कहती है।"

सहर के ख़त के लफ़्ज़ अमन के कानों में गूंज रहे थे।

माहौल में मैयतें बिखरी थीं। बिना क़फ़न और बिना दफ़न की मैयतें।

हाँफता हुआ अमन आख़िरकार सहर की दहलीज़ तक पहुँच गया था। उसने काँपते हाथों से दरवाज़े को लगातार हिलाया। वो चिल्लाना चाह रहा था लेकिन आवाज़ भी आज साँस के साथ बेवफ़ाई कर रही थी।

अमन दस्तक दिए जा रहा था और सहर दीवार से टिककर बेहोश-सी

बैठी थी। अमन की रूह उसे कुछ होश दिलाया और उसे दौड़ाकर वहाँ से दरवाज़े तक ले आई।

सहर ने जैसे ही दरवाज़ा खोला, अमन सहर के ऊपर गिर गया। अतहर का दिल रो पड़ा और आबिदा अब...थी।

"अमन।" सहर बहुत तेज़ चिल्लाई और फिर ख़ामोश हो गयी।

अमन का सिर अब सहर की गोद में था और वो दहलीज़ पर बैठ गयी।

"सहर, मुझे मरने मत देना सहर, बस सुबह हो जाने दो सहर, सब ठीक हो जाएगा सहर।"

अब अमन की आवाज़ के पाँव भी बहुत जख़्मी हो चुके थे। वो अमन के पसीने से भरे चेहरे को दुपट्टे से पोंछ रही थी।

"मुझे मरने मत देना, मैं जीना चाहता हूँ...मैं तुम्हारे लिए जीना चाहता हूँ सहर, मुझे मरने मत देना..."

अपने काँपते हाथों से जैसे ही अमन ने सहर के आँसू पोंछे, कोई रुका हुआ समुंदर बह निकला।

"तुमने मुझे बताया नहीं सहर, मैं दिखता हूँ क्या अपने ख़त में?"

"हूँ।"

सिसकती हुई सहर के होंठ इससे ज़्यादा कुछ न कह सके।

अमन अब तेज़ी से साँसें लेने लगा और उसके मुँह से सफेद-सा झाग निकलने लगा। वो कह नहीं पा रहा था लेकिन हिम्मत कर रहा था।

"सहर मुझे मरने मत...सहर बस सुबह तक..."

सहर जानती थी कि उसकी ज़िन्दगी की ये रात भले ख़त्म हो जाए लेकिन अब कभी सहर नहीं होगी।

एक तेज़ धड़ाम की आवाज़ हुई।

अपनी मुट्ठी में सहर का ख़त भींचे हुए अमन गर्म रेत पर फेंकी गयी किसी मछली की तरह फड़फड़ाता हुआ सहर की गोद से नीचे गिर गया।

www.ingramcontent.com/pod-product-compliance
Lightning Source LLC
LaVergne TN
LVHW100400181026
850499LV00037B/545
* 9 7 8 8 1 8 3 2 2 7 7 4 2 *